KB241426

나는 그놈의 젼부였다 1

나는 그놈의 전부였다 1

러브리걸 N세대 연애 소설

초판 1쇄 찍은 날 § 2003년 5월 16일
초판 1쇄 펴낸 날 § 2003년 5월 26일

지은이 § 임은희
펴낸이 § 서경석

편집장 § 문혜영
편집책임 § 이종민
마케팅 § 정필 · 강양원 · 이선구 · 김규진 · 홍현경

펴낸곳 § 도서출판 청어람
등록번호 § 제1081-1-89호
등록일자 § 1999. 5. 31
어람번호 § 제4-0002호

주소 § 경기도 부천시 원미구 심곡1동 350-1 남성B/D 3F (우) 420-011
전화 § 032-656-4452 팩스 § 032-656-4453
http://www.chungeoram.com
E-mail § eoram99@chollian.net

값 8,000원

ISBN 89-5505-681-8 (SET)
ISBN 89-5505-683-4 04810

러브킬 N세대 연애 소설

나는 그놈의 전부였다

1

도서출판
청어람

1

목 차

작가의 말

안녕하세요. 임은희입니다. 은희라는 이름보다는 러브리걸이라는 닉네임으로 여러분과 친숙한 사람이죠.

저는 2년 전 다음 카페에서 소설방 게시판이 계기가 되어 그때부터 소설이란 것을 접하게 되었어요. '영원', '꼬마야 사랑해'를 연재하면서 제게는 메일과 감상밥을 주시는 분들이 늘었고, 덕분에 저는 점점 글에 대한 열정을 키우기 시작했어요. 저를 아는 많은 사람들은 제가 글을 쓴다는 말에 까무러치기 일쑤예요. 믿을 수 없다는 반응이죠. 그만큼 전 겉보기에는 글과 너무나도 먼 사람이에요. 그건 저도 인정해요. −_−;

제가 글을 쓰는 목적 중 하나는 제 글을 통해 웃고 우는 여러분 때문이에요. 여러분들이야말로 저의 제2의 가족이에요. 제가 아프거나 슬프면 여러분도 아프고 슬프다는 것을 알게 되었어요. 이 세상에서 여러분만큼 저를 아끼는 사람은 아마도 없을 거라 생각해요. 여러분들이 없었다면 지금의 저도 없고, 앞으로도 그럴 거예요. *^^*

제가 무척이나 사랑하는 아이들이 나오는 '나는 그놈의 전부였다'가 이렇게 책으로 나와서 너무 기쁘고 행복해요~♡ 14살 때부터의 제 꿈을 이렇게 이루고 마네요. 중학교 때는 시집 하나를 내고 싶어서 그 어린 나이에 연습장 한 권 가득 쓴 시를 출판사에 보낸 적도 있었다니까요. 그런데 그 꿈을 8년이 지난 22살 지금에서야 이뤘답니다. 이렇게 책을 내기까지 제게 아낌없는 사랑을 주신 독자 분들께 정말 감사드립니다. *^o^* 그 보답으로 언제나 열심히 노력하는 임은희 러브리걸이 될 것을 약속드릴게요! 사랑합니다.

그럴 때가 있습니다. 상대방에 비해 내 사랑이 아주 작아 보일 때가 있습니다. 그래서 바보같이 뒤돌아서 가는 이들이 있죠. 하지만 사랑은요, 그런 것과는 상관없습니다. 크든 작든 적든 많든… 사랑! 그것은 그 의미 하나만으로도 전부일 때가 있거든요. ^-^ '나는 그놈의 전부였다'. 전부라는 말 참으로 진부하게 느껴질지 모르지만 그 진부한 단어 하나가 어느 날에는 새롭고 특별한 의미로 다가올 때가 있을 겁니다. 지금의 저처럼 말이에요.

Thanks to

먼저 못된 저를 사랑해 주시는 하나님께 감사드리구요. 아버지, 어머니, 은화 언니, 영우 형부, 성근이 오빠, 미진 언니, 예쁜 조카 재민이, 언니 뱃속에서 무럭무럭 자라고 있는 새봄이(언니! 이름 바꾸라니까. -_- 장새봄이 뭐야!!) 너무너무 감사하고 사랑해요. ^^* 말 잘 듣는 예쁜 막내가 될 게요. 그리고 오빠! 이제 재민이도 태어났으니까 나 좀 괴롭히지 마시지. -_-^ 나의 삶 속 소중한 친구들 박지영(박자), 김영지(띠바), 은현, 영숙, 민영, 태실, 은미, 경진, 윤미, 희진, 선영, 진영, 은선, 선화, 개 · 돼지 클럽 친구들, 매향 2, 3학년 동창들, 영일 언니, 불유체님, 앙마천사 , 리아, 야.내.꺼.자.까. 고맙고 사랑해! 앞으로도 변치 말자. 책을 내는 동안 가장 큰 도움을 주었던 짱 언니 앞으로 더욱 정신 차리고 말 잘 들을게. 언니, 정말 사랑해! >_< 여기에 안

넣어주면 나 죽일 녀석. -_-; 사랑하는 동생 양경모! 열심히 해서 나이트 댄스계의 명성을 날리는 놈이 되거라! 파이팅이다! 말도 잘 듣지 않는 여직원 때문에 고생하시는 우리 신용주 부장님, 김종수 과장님, 은숙 언니, 유진 언니, 그리고 회사 분들 앞으로도 예쁘게 봐주실 건가요? -_-; 히히. 고등학교 시절 제게 든든한 후원자가 되어주신 엄혜경 선생님, 이경화 선생님, 심혜숙 선생님 정말 감사합니다! 매향 여자 정보고는 영원할 거예요. 또한 러브리걸의 소설나라 운영진 현정 언니, 지은 언니, 현지, 보배, 소영, 다혜, 작은 현정, 보람, 현재는 활동을 안 하는 선우 언니, 안나, 현경이 ^^ 모두모두 고마워. 우리 앞으로도 열심히 하자. 그리고 소설나라 회원 여러분들 잊지 않을게요. 제게 늘 힘이 되어주시고 사랑 주시는 것, 정말 잊지 않고 날마다 기억하며 살게요. 모두모두 정말정말 사랑해요. 알라부웅~♡ 마지막으로 안양에서 열심히 의경 생활을 하는 우리 락커 병훈이에게도 늘 힘이 되어주어서 고맙다는 말 전하고 싶어요. *^o^* 마음 변치 말고 지금처럼 잘하자~ 충성!

2003년 5월 1일 러브리걸 임은희 올림

추신) 정말 어딘가에 있을 거라 믿고 싶은 강준성, 박준희, 이운균, 박준영, 서태민, 신지영, 한민이, 민지훈 진짜로 사랑해. >_<

등장 인물 소개

이름:박준희

나이:방년 18세

신체 사이즈:죽음 그 자체!

성격:자존심과 완벽으로 똘똘 뭉친 소유자. 건들면 죽어! -0-

특징:강한 말발의 소유자!

이름:박준영

나이:떠오르는 샛별 17세

신체 사이즈:178㎝ 64㎏

성격:무뚝뚝함의 결정체. 찔러도 피 한 방울 안 나올걸 -_-a

가족 사항:누나 박준희

특징:주체할 수 없는 터프함

이름:강준성

나이:타오르는 18세

신체 사이즈:완벽 그 자체! 설명하면 쓰러진다! 끄아악!! -0-

성격:한다면 한다! 의리 빼면 시체!

특징:모두 그를 대장이라 부른다

이름:서태민

나이:발랄 18세

신체 사이즈:185㎝ 76kg.

성격:때론 부드럽고 때론 주접스럽다 ㅡㅡa

특징:때로는 그를 곰이라 부른다!

이름:이운균

나이:주접적인 18세

신체 사이즈:171㎝ 57kg

성격:너무 쾌활해서 문제일걸 ㅡ_ㅡ;;

특징:트로트 '십오야' 를 가장 좋아하며 강준성에게 푹 빠져 있다 ㅡ_ㅡ;;

이름:민지훈

나이:부드러운 18세

신체 사이즈:178㎝ 67kg

성격:준성패밀리 중에서 제일 정신 차린 놈

특징:준성패밀리 군단의 해결사

이름:신지영

나이:명랑 18세

신체 사이즈:165㎝ 46kg

성격:지고는 못 산다! 고로 이길 때까지!! ㅋㅋ

특징:춤을 끝내주게 잘 춘다

이름:한민이

나이:풋풋한 동화 속 18세

신체 사이즈:통통. 넘 귀여워 >_<

성격:밝고 순수하다

특징:수줍음이 많아서 금방금방 빨개지는 두 볼

①
그놈을 만났을 때

그놈을 만났을 때

1

나는 오늘도 영틱스 클럽의 '정'이란 노래를 듣고 있다. 댄스곡이지만 정말 너무 슬프다. 가사 하나하나가 내 마음을 슬프게 만든다.

정말 나를 사랑했다고. 나 없이는 못 살겠다고. 하늘처럼 믿었었는데 이제 와 헤어지자니. 남은 사랑 어떡하라고. 추억들은 어떡하라고. 보고 싶어 눈물이 나면 정말 난 어떻게 해.

—영틱스 클럽 '정' 中에서.

빌어먹을. 또 눈물이 흐른다. 젠장… 이 눈물은 마르지도 않나 보다. 벌써 몇 달짼데 잊어야 하는 사람을 뭔 미련이 있어 아직도 이리 사랑하고 있는 걸까. 이런 내가 너무나 한심해 보여서 미워 죽겠다.

　내가 정말 사랑한 사람… 절대 잊지 못할 이름 세 글자…

　'김민우'. 내가 어떻게 민우의 이름을 잊을 수 있을까. 일 년이란 시간 동안 내 옆에서 나를 지켜주었던 민우. 나는 아직도 민우를 기억한다. 첫 만남, 우리들의 추억, 그리고 마지막 헤어짐 또한…….

　"헤어지자. 미안하다."

　민우의 마지막 그 말이 아직도 내 기억 속에서 생생하게 맴돈다. 실로 믿고 싶지 않았다. 어딘가 거짓이 담긴 그런 말일 거라 단정했지만… 그리 믿고 싶었지만… 아닌가 보다, 이렇게 내 곁을 떠난 걸 보면…….

　나는 붙잡지 않았다. 내 자존심 때문에 그런 민우를… 너무나 사랑하는 민우를 보내고야 말았다. 민우가 간 뒤 혼자서 중얼거렸던 말… 몇 번이고 몇 번이고… 중얼거렸던 말…….

　"김민우… 가지 마."

　민우를 다시 만나게 된다면… 그때는 내 자존심이고 뭐고 모두 버릴 자신이 있다. 민우만 다시 내 곁으로 돌아온다면…….

　"준희야, 얼른 와! 차 떠난다!!"

우씨! 나 부르지 마. ㅡ_ㅡ 여기 조금만 더 보다가 갈 거야. 부르지 말란 말이야. 민우랑 매일 손잡고 돌아다녔던 이 골목… 아침마다 나를 기다리고 있었던 민우의 모습이 기억나는데…….

"야!! 박준희!! 너 빨리 못 와?!"

저놈이… 박준영! 너 닥치고 가만히 있어!! 저놈은 내 인생에서 결코 도움이 되지 못할 인간으로 굳이 표현하자면 하나밖에 없는 내 동생이다. 누굴 닮아서 저리도 착한지 아주 예뻐서 죽을 맛이다. ㅡ,.ㅡ 참고로 난 반어법을 자주 사용한다.

휴~ 정말 우리 집 이사 가는 거구나. 이제는 이곳에 민우도 떠나서 없다. 민우는 나와 헤어진 뒤 전학 갔다. 그래서 더 이상 소식도 들을 수 없었고 연락조차 두절되었다. 이따금씩 들렸던 소식으로는 전학 간 학교에서 불량 서클에 가입했다는 등의 말밖에는…….

민우야… 나 정말 간다… 정말 가… 안녕…….

"박준희!! 너 죽는다!!"

"알았어! 간다구!!"

속상하지만 자꾸만 부르는 엄마와 아빠, 그리고 재수없는 내 동생 박준영 때문에 뛰어갔다. 그리고 정말로 차는 떠난다.

점점 멀어지는 우리 집… 내 추억 돌려줘~!!

"흑흑… 흑."

"병신, 꼴값한다."

그렇다. 여기서 모두 들었다시피 꼴값한다는 소리는 동생이 누나한테 한 말이라고 보면 된다. 나는 분명 박준영보다 일 년 먼저 태어났다는 것을 명심하길.

"너 죽을래!! 이게 누나한테 병신이 뭐야!! 가뜩이나 슬퍼 죽겠구만!!"

"네가 자꾸 쇼하니깐 짜증나서 그런다. 왜?!"

"됐다! 너랑 얘기해서 뭐가 나오겠냐!! 엉?"

"병신아!! 너 민우 새끼 때문에 그러냐?? 내가 그 새끼 바람둥이라고 몇 번이나 말해!! 혼자서 왜 아직도 지랄이야!!"

"네가 뭘 알아!! 민우는 일 년 동안 한 번도 바람피운 적 없어!!"

"육갑한다! 야, 그럼 바람피우는 새끼가 나 바람피운다 하고 피우냐?? 너 그렇게 바보냐?"

"됐어!!"

준영이는 민우를 무척 싫어한다. 그때도, 지금도.

민우와 사귀는 내내 나는 늘 구박만 당했다. 집에 늦게 들어오는 날이면 나를 엄청 갈군다. 그러다 내가 화나서 성질 내면 우린 그 뒤론 말도 안 했다. 최고 길었던 게 삼 개월. 안 되겠다 싶어 결국엔 내가 먼저 말을 걸었었다. 준영이 저놈은 정말 피도 눈물도 없다. 나보다 한 살 어리지만 어리다고 해서 결코 누나라 하지 않는다. 저놈한테 살랑거리는 그 듣고도 듣고 싶은 애절한 그 부름이여! '누나—'

흥. '야'라고 적게 부르는 것만도 다행이었다. 가끔씩 제발 한 번만 누나라 해달라고 빌어본 적도 있지만. —_—;; 전혀 안 통한다. 박준영을 얘기하자면 한마디로 냉혈아! 그리고 싸가지!! 도도한 새끼…다!

잠깐, 박준영에 대해서 얘기를 하자면… 키는 178㎝에 인정하기 싫지만 깔끔한 외모에 잘생겼다고 할 수 있다. 내가 저 인간 외모에 인정 안 하는 것과 마찬가지로 저놈도 내 외모에 대해 전혀 수긍하지 않는다. 한번은 나를 너무 좋아해 우리 집까지 쫓아온 남학생이 있었는데 그 남학생을 보고 박준영이 한 말은……?

"병신."

그 한마디였다. 놀라서 자빠지는 줄 알았다. 역시 저 인간은 또라이였다. 준영은 인기가 많다. 이것 또한 인정하기 싫다! 또 한 번 우리 집을 놀라게 했던 일은 준영이를 너무나 좋아했던 여자애가 있었는데 그 여자애가 워낙 -_- 싸가지인 준영이를 협박한 것이다.

그 협박이 안 통하자 결국엔 자살 소동까지 벌이는 사태가 발생했다. 나는 무척 놀라서 어떻게든 말리려고 애를 썼지만 준영이한테는 씨도 안 먹히는 일이었다. 겁대가리없이 그 여자애한테로 걸어가 커다란 주먹으로 그 애의 얼굴을 강타시켜 버렸다. 그리고…

"죽으려면 죽어! 너란 아이 마음에 안 들었지만 지금 이 행동으로 인해 더 짜증난다. 너 왜 사냐? 너처럼 사랑에 목매다는 것들 정말 짜증나!!"

나는 아직도 준영이가 불쌍한 그 소녀(?)애한테 했던 말을 무슨 대사마냥 외우고 산다. 참 대단한 말이었다. 그 뒤로 조용히 잘 해결됐지만… 하여튼 저놈의 냉혈함은 하늘을 찌른다.

오늘은 우리 집 이사 가는 날이다. 아빠의 사업 확장으로 인해 가전 대리점을 하나 내신다. 아는 이가 아무도 없는 곳에서 성공하고 싶으시다며 친척 또한 전혀 없는 도시에 대리점을 내신다. 무척이나 말렸지만 아빠의 다짐은 완고하셨다. 고로… 나는 친한 친구들을 떠나 전혀 알지 못하는 타지로 간다. 전학을 가는 것이다. 나는 유림 상고로, 내 동생 준영이는 대림 공고로. 내 18년 인생이 왜 이렇게 서글프게 느껴지는 건지. 휴~ 그래도 한 가지 다행인 게 유림 상고와 대림 공고는 운동장을 같이 쓴다고 한다. 그러니깐 운동장을 중심으로 양 옆에 상고와 공고가 마주하고 있는 것이다. 그만큼 가깝다는 거겠지. 참 신기한 학교들이다. ^^;;

그리고 내가 알아본 바로는 공고 애들의 인물이 장난 아니게 끝내준다는 것이다. 그래서 그런지 상고 남학생과 공고 남학생은 라이벌이란다. 또한 공고는 남학교라서 상고 여학생들을 무척 좋아하는 탓에 상고 남학생들이 더 싫어하는 까닭이라고. ^^ 그런데… 공고 애들의 인물이 끝내준다는 말은 맞는 듯싶다. 박준영 저놈도 대림 공고로 가는 것을 보면.

2

앗!! 늦었다!! 이게 웬일!! 전학 온 첫날부터 지각이라니!! 어제 이 삿짐 정리하느라 늦게 갔더니 결국엔 늦잠을 자버렸나 보다. 박준희 바보!! 하지만 아무리 늦었다 해도 나는 허둥지둥 집을 나서지 않는다. 남 앞에서 흐트러진 모습을 보이는 건 죽는 것보다도 더 싫기 때문이다.

허리까지 내려오는 긴 머리를 감는 데 20분, 그 머리를 말리는 데 20분, 뽀얀 내 피부의 지속적인 유지를 위해 스킨에 에센스, 로션, 영양크림까지 바르는 데 15분, 잘 다려놓은 교복을 입는 데 10분. 이제 완벽하다. 하하! 하지만… 이렇게 해도 허전한 걸 보면… 역시 나는 지각이다.

"야, 박준희! 너 왜 아침부터 꼴값이냐?"

"박준영, 빨리 씻어! 지각이야."

"너 머리가 어떻게 됐냐?"

"뭐? 이게 죽으려구!!"

"지금 시간이 몇 신데 지각이야!! 아침 7시다!! 응!!"

"웃기고 있네!! 병신아! 시계를 봐봐, 시계를! 응?? -0-"

"쯧쯧."

이상하다. 분명히 아까 8시였는데… 그래서 이토록 서두른 건데. 지금 보니 시계는 7시를 향하고 있었다. 황당하다. 진짜 황당하다. 그렇다면 아까는 6시였단 말인가?? 보기 좋게 박준영한테 욕먹은 거구만. 쳇! 그래도 지각이 아니라니 다행이다. 으하하. ^^

나는 준영과 함께 학교를 가기 위해 버스 정류장으로 향했다. 아빠께서 집 앞 정류장에서 7번을 타고 가면 된다고 하셨다. 아빠 대리점이 학교 근처라서 아신다. 그런데 아무리 봐도 준영이네 교복은 멋있다. 상하로 연한 회색에 흰 남방, 진한 회색 넥타이, 그리고 조끼까지. 쳇!

빌어먹을! 그에 비해 우리 학교 교복은 상하로 검은색, 그리고 검은색 리본. 예전 다니던 교복이 훨씬 낫다. 쳇!

"야, 버스 왔다!"

"돈 내라."

"야!! 네가 내!"

하지만 저놈은 내가 한 말을 귀신 씨나락 까먹는 소리쯤으로 여기는 모양이다. 아무렇지도 않게 무턱대고 버스를 타는 걸 보면 말이다. 그래서 난 아까운 700원을 더 냈다. 저 나쁜 놈!! T_T

우와~ 버스 안은 온통 검은색과 회색이 주를 이뤘다.

"준영아, 뒤로 가자."

나는 뒷자리가 좋다. 준영이 자식을 끌고 뒤로 왔다. 맨 뒷자리를 보니 회색 교복을 입은, 그러니까 공고 애들 여섯 명이 쭈욱 앉아 있었다.

"이야~ 몸매 죽이는데?? 안 그러냐?"

"얼~ 진짜 괜찮은데?? 역시 상고 여자애들은 이뻐!! 하하."

뒷자리에서 나는 소리다. 저것들 목소리 무지하게 크다. 잡것들, 차라리 소곤대며 말했음 그냥 말았을 것을.

"머리 엄청 길다! 나는 생머리 애들이 좋아."

"나도! 꼬실까?"

"너희가 나를 꼬시게?? 그 얼굴로?? 웃기지도 않는다? 엉?!"

참다못해 말했다. 저것들이 까불고 있어, 아주!! 엉?! 하지만 말실수를 한 것 같다. 공고 애들이란 것을 살짝 까먹었나 보다. 뒤돌아 그것들의 얼굴을 보니… 방금 내뱉은 '그 얼굴로?'라는 말이 실수했다는 생각이 든다.

한 놈은 엄청난 떠버리에 터프하게 생겼고 그 옆의 한 놈은 귀엽게 생겼다. 그러니까 수준급은 아니라도 꽤 괜찮은 얼굴이라는 것. 여자들이 꽤나 따라다닐 것 같은데… 이제 저 둘을 덩치맨과 촐싹맨이라고 해야겠다. 흐흐~ 덩치맨과 촐싹맨이 꽤 당황했나 보다. 그리고 그 옆의 네 명도 꽤 당황한 듯.

"너 죽는다. 조용히 하고 있어라."

나지막이 가라앉은 준영이의 목소리. 화났나 보다. 괜히 더 욕먹을까 봐 그것들을 내버려 두고 창밖을 바라보았다. 역시 멍하니 있을 땐 항상 민우가 생각난다.

'민우야……'

"진짜 예쁜데."

그때 또다시 뒷자리에서 나는… 이것들이 보자 보자 하니깐!!

"그래서 어쩌라고? 엉?! 자꾸 짜증나게 할래!!"

방금 '진짜 예쁜데'라고 말한 녀석을 봤다. 어라? 아까… 그 덩치맨과 촐싹맨과는 레벨이 전혀 다르다. 나는 무지 당황했다. 왜냐하면 저 자식… 모델같이 생겼기 때문에…

헉! 역시 공고 애들이었다. TOT

"너 자꾸 나불거리면 한 대 맞는다!"

얌전히 있던 촐싹맨이 내게 말했다. '맞는다'라는 말에 화가 나 뒷자리 손잡이를 한 손으로 붙잡고 나머지 한 손으로는 덩치맨 옆에 앉아 있던 촐싹맨의 멱살을 잡아버렸다. 나를 말리지 마셔!

"맞는다고? 그 말에 내가 겁이라도 낼 것 같냐? 어디 때려보지 그래??"

"이… 이, 이게 죽으려고!! 겁대가리를 상실했냐! 너! 내가 누군지 알고 지랄이야!!"

"내가 너를 어떻게 알겠냐?"

"씨발! 넌 상고 다니면서 나도 모르냐?"

"당연하지! 그럼 넌 나 아냐?"

"당근이지!! 상고 다니는 애들을 내가 왜 모르겠냐, 병신아!"

"쯧쯧, 나 오늘 전학 왔다, 병신아!!"

"이… 씨… 발."

"하하하!! 오늘 운균이 완전히 박살나는 날이구만!!"

피식피식 웃고 있던 모델 같은 놈이 끝내는 깔깔대며 웃었다. 운균이라는 촐싹맨은 얼굴이 새빨개졌다. 너 상당히 쪽팔리겠다. 메롱~ 2회전도 내가 승리한 것 같다. 촐싹맨, 너 까불지 말아라! 준영이 이놈은 상관도 안 한 채 의자에 앉아서 자고 있다. 역시… 이놈은 재수 없다.

한참을 가고 있는데 옆에 서 있는 나랑 같은 교복을 입고 있는 여자애가 눈에 거슬린다. 오만상을 다 찌그리며 곧 울 듯한 표정을 짓고 있기 때문이다. 어라?? 어떤 손이 여자애의 히프를 만지고 있다. 역시나 가만히 있을 내가 아니었다. 팔 힘이 엄청 센 나는 나쁜 변태 놈의 손을 휙하니 낚아챘다.

"이런 나쁜 새끼!! 어디서 변태 짓이야!!"

3

나의 엄청난 목소리에 버스는 한바탕 난리가 났고 잠에서 깬 준영이는 짜증난다는 표정으로 나를 째려보고 있었다. 째려보든 말든 준영이 놈의 시선은 내게 상관없었다. 내 눈에는 오로지 나쁜 변태 놈만이 보이고 있을 뿐이다. 여기저기서 쑥덕거리자 변태 놈은 새빨개진 얼굴을 하며 어쩔 줄 몰라 하고 있었다.

"으하하!! 쟤 진짜 웃긴다!! 장난 아닌데? 하하하!!! 아~ 배 아파."

뒤에서 나는 모델 같은 놈의 큰 웃음소리. 한 번 더 뒤를 쳐다봤다. 지들 안방이었으면 금방이라도 때굴때굴 굴렀을 듯한 모.델. 같.은. 놈, 모델 놈과 같은 급으로 배를 잡고 웃고 있는 덩치맨, 시무룩해 있는 촐싹맨, 그리고 안경 낀 곱상한 얼굴의 남자애, 그리고 평범한 두 맨들! 역시 공고였다.

변태 사건은 잘 마무리를 하고 조용히 버스에서 내렸다.

"박준영! 같이 가!! 준영아!! 같이 가자니깐!!"

역시 내 말은 듣지도 않는다. 버스 안에서 상당히 쪽팔렸나 보다.

"박준영!!"

"닥쳐라."

"너 진짜 죽을래?"

"너 한 번만 더 버스에서 그 지랄하면 그땐 진짜 말도 안 해!"

"쳇… 알았어!! 알았다고!!"

내가 누나라 참는다, 참아!

약간의 경사면 위에 학교가 있다고 했는데… 이건 완전히 등산하는 기분이다. 힘들다. -_-;;

"야!! 거기 앞에 공고 교복 입은 남자애!! 옆에 그 여자 네 애인이냐?"

뒤돌아보니 아까 그 여섯 맨들이다. 역시나 촐싹맨이 지껄인다. 이제 보니 촐싹맨은 장난 아니게 말랐다. 키는 보통이지만 덩치맨 옆에 있으니깐 어째 더 작아 보인다. 갑자기 준영이가 뚜벅뚜벅 여섯 맨들 있는 쪽으로 걸어갔다.

"준영아, 어디 가?"

무서워졌다. 싸움 하면 박준영인데… 그래도 준영아, 저것들은 여섯 명이란다. 제발!! 그래도 나를 위해서 싸우러 가는구나. 역시 넌 내 동생이었어. 흑흑. ㅜㅜ

"한 번만 더 애인이라는 헛소리하면 죽는다! 저 인간 인정하기 싫지만 누나다!"

저런 빌어먹을 놈! 나는 또 나 때문에 싸우러 간 줄 알았더니… 애인이라 했다고 열받아서 간 거였다. 쳇. 어쩌지.

"이게 죽으려고 환장했나!! 헛소리하면 죽는다고?! 너 진짜 죽어볼래!!"

"쪽당하기 전에 그만 해라."

"씨발!! 이게!! 너 몇 살이냐?"

"17살이다."

"이게 돌았나!!! 지 선배한테 이게 확!!!"

날아오는 촐싹맨의 주먹을 누군가 딱 잡았다. 바로 모델 같은 놈이었다. 키가 큰 모델 놈은 깔깔대며 또 웃는다. 저놈의 취미는 웃는 건가 보다.

"이야~ 너 깡 좋다! 하하! 이운균, 오늘 쪽당하는 날이긴 날인가 보다. 하하하!"

"열받아."

"너 이름이 뭐냐?"

"박준영."

"박준영? 박준영이라고?? 어라… 어디서 많이 들어봤는데… 어디서였더라?"

"어디서지?? 태민아, 많이 들어본 거 같지 않냐??"

4

모델 놈이 준영이한테 아는 척을 했다.

"그러게… 어디서더라……."

모델 놈이 부른 태민이란 놈은 덩치맨인가 보다. 덩치맨, 골똘히 생각한다.

"앗, 맞다!! 박준영!!"

"기억나냐?"

"그때 있잖아! 우리 인천 가서 싸움 붙었던 날!! 그때 매너있던 애 하나가 와서 싸움 수습해 준 적 있잖아!! 기억나? 그때 걔 이름이 박준영이였던 거 같은데… 아닌가?"

"아, 맞다!! 너 혹시 그때… 준영이냐? 얼굴을 보니 맞는 거 같은데……."

"맞아. 형들 처음 봤을 때 그때 그 형들 같아서 인사하려고 했는데… 저 또라이가 형들한테 헛소리해 대길래 그냥 잠이나 잤지."

어라… 저것들, 서로 아는 것 같다. 갑자기 촐싹맨의 얼굴이 환해진다.

"아… 그랬구나!! 어쩐지 눈에 익는다 했지! 네가 나 엄청 도와줬잖아. 하하! 아까… 애인이라고 해서 미안! 나 이운균이다."

"반갑다, 하하. 나 서태민이다."

"나 그때 안경 깨져서 사경을 헤맸던 애 기억나지? 민지훈이다."

아주 지들끼리 악수하고 난리가 났다. 남자애들은 웃긴다. 언제 또 만났던 거야??

"준영아, 반갑다. 그때 네 도움 아니었으면 아마 우리 많이 다쳤을 거다. 강준성이다."

모델 같은 놈이 활짝 웃는다. 그놈의 이름이… 강.준.성.이란다. 강준성…….

"형, 멋있는 건 여전하네?"

헉… 헉… 나는 무척 놀라고야 말았다. 칭찬이란 건 준영이 저놈의 인생상… 도저히 있을 수 없는 단어인데……. 씨익 웃으며 모델 같은 놈에게… 멋있는 건 여전하네라니 너무나도 어이가 없고 황당해서 이 뜻깊은 날을 그냥 보낼 수가 없었다. 핸드폰을 꺼내 액정에 있는 이름을 바꿔 버렸다.

[멋·있·는· 건· 여·전·하·네.]

준영이가 멋있다고 하니… 갑자기 왜… 저 준성이란 놈이 더 멋있어 보이는 건지. -_-;;

"준영아, 저 애 네 친누나냐?"

덩치맨이 묻는다.

"응. 짜증나는 인간이지."

"하하. 짜증나긴… 아주 톡톡 튀는 게 예쁘다… 운균아, 안 그러냐?"

"약간…….."

"여자 친구만 없었더라면… 아깝다!!"

저것들이 또 뭐라는 건지… 태민이는 나를 보곤 씽끗 웃으며 쇼하고 있었다. 미친놈.

"이름이 뭐냐?"

태민이가 또 묻는다.

"박준희."

"나리한테 말해야지. 하하, 너희 학교에 드디어 한 명의 퀸카가 오늘부로 탄생했다고!"

나리? 덩치맨의 여자 친구 이름인가 보다. 나랑 같은 학교야? 왠지 좋지 않은 예감이……

"얘들아, 드디어 강준성이 임자를 만났다."

갑작스런 모델 놈의 한마디. 갑자기 가슴이 콩딱콩딱 뛰어대는 이유는? 젠장… 수습이 안 된다.

"야, 박준영! 나 먼저 갈게!!"

빨리 사라져야 할 것 같다. 빨개진 내 얼굴을 저 자식들한테 도저히 보이고 싶지 않았으니까.

5

"얘들아, 드디어 강준성이 임자를 만났다."

자꾸만 내 귀에서 맴돈다. 빌어먹을 놈… 마음을 가라앉히고 교무실 안으로 들어갔다.

담임이라는 선생님과 같이 교실로 올라갔다. 남녀 공학이라서 그런지 역시나 시끄럽다.

"준희야, 반 애들이 다 활발하고 재밌으니깐 아마 잘해줄 거야. 걱정 말아라."

"네."

저 선생님은 내가 무슨 왕따인 줄 아나 보다. 웃겨.

드르륵—

드디어 교실문을 열고 담임을 따라 교실로 들어갔다. 웅성웅성대는 애들. 아주 난장판이구만.

"모두 자리에 앉아라. 오늘부터 우리 가족이 한 명 더 늘었다. 간단히 자기소개를 하렴. ^^"

"이름은 박준희야. 앞으로 잘 부탁해."

"끝났니? 하하."

"네."

"애들아, 준희 참 예쁘게 생기지 않았니? 선생님이 보기엔 젤 예쁜 거 같다. 하하. 옆 반에 강연이보다 더 예쁘게 생겼어."

강연이? 걔는 또 누구지? 나리에 강연이에… 얼마나 유명한 애들이길래… 궁금한데?

"우리 준희가 어디 앉을까?"

"선생님, 여기요!!"

갑자기 한 손을 번쩍 든 아이가 자기 옆 자리를 가리킨다. 어라, 저 얼굴!! 아침에 변태 사건 피해자인 거 같다. 앗, 반가워라!

"그래, 민이 옆에 앉으면 되겠다. 준희야, 민이 옆에 앉아라."

"네."

다행이다. 그래도 조금은 안면이 있는 애와 앉게 되어서 말이다. 사실 나는 처음 보는 사람과 친해지려면 아주 많은 시간이 필요하다.

말주변도 없거니와 낯가림이 심한 탓에 말이다.

"아침엔 정말 고마웠어. ^^*"

"고맙긴……."

"내 이름은 한민이야. 앞으로 친하게 지내자. ^0^"

"그래, 잘 부탁해. ^^"

민이라는 애는 말하는 것부터 정말 귀염성이 많은 아이 같다. 긴 단발머리에 웃을 때마다 들어가는 한쪽 보조개. 왠지 아기 같은 어리숙함마저 느껴지는 애.

"어디서 왔어?"

"인천."

"전학 올 때 슬펐지?"

"응. 약간……."

"그런데 왜 온 거야?"

"아빠가 개인 사업을 시작하시거든. 그래서 오게 됐어."

"뭐 하시는데?"

"저기 바로 나가면 큰 사거리 있지?"

"응."

"거기에 새로 생기는 대리점."

"어머~! 진짜?? 우와~ 집이 엄청난 부자인가 봐!!"

"하하… 부자는 무슨 부자. ^^;;"

민이와 나는 선생님 눈에 걸리지 않기 위해 최대한 고개를 숙이고 말했다. 민이는 정말 말하는 것도 아기 같다. 천진난만하다고나 할까? 민이는 대화를 나누면 나눌수록 편하게 느껴지는 타입 같다.

"준희야, 저기 창 쪽 분단에서 맨 끝에 앉은 애 보여?"

"커트 머리 애?"

"응."

"쟤 왜?"

"잠깐만."

그러더니 민이는 핸드폰을 꺼내 만지작거린다. 아무래도 저 커트 머리 애한테 문자를 보내나 보다. ^^;; 커트 머리 애가 고개를 돌려 나를 본다. 그러더니 씨익 웃는다. 먼저 웃길래 나도 그냥 씨익 웃었다. ^-^

"왔다."

문자가 왔나 보다. 재미있는 애들이네. 하하.

"지영이가 우리 셋이 같이 재밌게 잘 놀재. ^^*"

"그래, 이름이 지영이야?"

"응, 신지영. 되게 활발하고 재밌어. 인기도 많아. 나도 처음엔 말도 못하고 그랬는데 지영이랑 지내면서부터 조금씩 말도 늘고 그랬어. 히히."

"그렇구나."

"처음 봤을 때도 느꼈지만 너 진짜 예쁘게 생겼다."

"예쁘긴⋯⋯."

한민이, 신지영. 아직은 잘 모르겠지만 왠지 친해지고 싶어지는 애들이다.

수업이 끝나고 쉬는 시간이 되자 지영이가 내 자리로 왔다.

"내 이름 알아?"

"응. 신지영… 맞지?"

"응!! 민이가 가르쳐 줬구나. 잘했어, 민이~! 하하."

민이 말대로 진짜 활발해 보인다. 쉬는 시간 10분 동안 혼자서 재잘재잘 말도 참 잘했다. 역시 재미있는 아이 같다.

그렇게 지루했던 수업이 끝나고 점심 시간이 왔다. 민이, 지영이와 식당으로 향했다. 지영이는 아무것도 모르는 나를 위해 학교 여기저기를 설명해 주었고 설명을 듣다 보니 나도 조금씩 학교에 대한 흥미를 느꼈다.

"참! 준희야, 저기 다리 보이지?"

"어디?"

"저기 애들 되게 많은 데 있잖아~"

"아… 응, 보여!"

"저기가 러브 체인지라는 유명한 곳이야~"

"러브 체인지? 뭐 하는 덴데??"

"저기가 유일하게 공고 애들이랑 상고 애들이랑 만날 수 있는 장소거든? 우리 교장이랑 공고 교장이랑 친해서 저런 거 만들어놓은 건데 반응이 아주 장난이 아니야. 공고 남자애들이 거의 다 잘생겼거든? 진짜 내가 봐도 우리 상고 애들보다 훨 나아. 상고 애들끼리 잘 사귀다가도 공고 애들이랑 눈 맞으면 100% 다 끝나거든? 그런데 그 눈 맞는 장소가 바로 저 다리라는 거야!! 하하! 그때부터 러브 체인지란 이름이 붙었어."

"아, 그렇구나."

"상고 남자애들의 영원한 적이 바로 공고 애들이지~!"

민이도 좋아라 지영이의 말을 거든다. 러브 체인지라… 신기한 게 많은 학교들 같다는 생각이 든다.

"준희야, 공고랑 상고를 통틀어서 제일 인기 많은 애가 있거든! 아마 너도 보면 눈 뒤집힐 거다!"

"누군데?"

"강준성이라는 앤데 진짜 아우~! 진짜!! 너무 멋있어!! 민이야, 그치?"

"응!!"

"강준성?!"

"응~!!"

강준성이라면… 아까 아침에 그놈 아니야?? 그놈이 인기가 젤 많다고?? 뭐야, 어이없게. 별꼴이군. =_=

"그런데 준성이는 여자를 좋아하는 것 같은데도 나중에 보면 아니야. 좀 알 수 없는 성격에다 되게 냉정하지."

"그… 래?"

"응. 준성이가 젤 멋있고 태민이랑 운균이, 지훈이도 멋있어. ^^"

어라, 아침에 그 인간들 아니야. 덩치맨이랑 촐싹맨도 꽤 인기가 있나 보네. 허허. 지영이는 준성이 얘기를 하며 무척 즐거워했다. 혹시 준성이를 좋아하나? 물어보고 싶었지만 그냥 말았다. 어차피 나와는 상관없는 일이니깐.

6

"그런데 상고 남자애들 중에는 인물이 없나 봐?"

"꼭 그런 건 아닌데… 한 명 있긴 있지."

"누구?"

"몇 달 전에 전학 온 앤데 징계 받는 중이라서 지금은 얼굴을 볼 수 없지만 나중에는 볼 수 있을 거야."

"그래."

그 말을 하는 지영이의 눈이 그리 밝지만은 않아 보였다. 무슨 일이 있었던 걸까??

"지영아, 저기 윤강연이랑 박나리야."

민이가 지금 등교하는 것마냥 가방을 메고 오는 두 명의 여자애들을 가리켰다. 둘 다 예쁜 편이었지만… 약간 갈색 빛이 감도는 깡마른 몸매에 좀 더 예뻐 보이는 애가 왠지 눈에 거슬렸다.

"미친 것들. 아주 광고하고 다니냐? 저렇게 티를 내야 직성이 풀리나? 박나리 저년은 태민이가 알면 어쩌려고 저런데?"

태민이라면… 맞다, 나리라고 했었지. 나리가 태민이 여자 친구라고 했는데…….

"나리가 누구야?"

"날카롭고 왠지 싸가지없어 보이는 애 있지?? 마르고 예쁘장하게 생긴 애는 윤강연이란 싸가지고 그 옆에 있는 애가 박나리야. 둘 다 엄청 재수 퀸이야!!"

"왜??"

"지네들끼리 불량 서클 만들어서 꼴값하는 애들인데… 웃기지도 않지. 선생님들 몰래 저러고 다니는데 박나리 저년은 완전히 태민이 빽 믿고 저 지랄하는 거야."

지영이는 무척이나 흥분했다. 뭔가 흐름을 알 것 같기도 한데… 복잡한 얘기 같아. 머리가 아프다. 휴, 나는 끼지 말아야지. 이런 일에는 원래 제삼자가 끼면 더 복잡해지는 법이다. −_−v 그런데 윤강연이라는 애가 왠지 모르게 자꾸만 신경이 쓰인다. 박나리라는 애보다 더……. 왜지?

"신지영~! 밥 먹으러 가?"

나리가 지영이한테 말을 건다.

"그래. 넌 지금 학교 오냐?"

"일찍 와서 뭐 해? 일찍 와봤자 퍼질러 자는데. 차라리 집에서 푹 자다가 학교 와서 남은 시간만이라도 충실하면 되지. 안 그래, 강연아?"

"당연하지."

"홋~ 머리 속에 도대체 뭐가 들어 있는지 모르겠다."

"신지영이 내 머리 속에 뭐가 들어 있는지 언제 궁금해했나? 새삼스럽게 뭘."

지영이와 나리는 서로 비꼬며 말을 하고 있었다. 이런 분위기 별로다. 그런데… 윤강연이 나를 뚫어져라 쳐다보고 있다.

"야, 신지영. 네 옆엔 처음 보는 앤데 누구냐?"

"전학 왔다. 쓸데없는 관심은 좀 버리지 그래?"

"야, 이름은 뭔데?"

"박나리! 알아서 뭐 하시게? 엉?"

"아침부터 재수없게 시비 걸지 마, 신지영!!"

"네 눈엔 지금이 아침이냐?"

"씨발. 이게 미쳤나!"

"나리야, 눈에 띄는 행동은 하지 말자. 선생님들 또 지랄한단 말야."

"그래. 내가 참지."

윤강연… 또다시 나를 쳐다본다. 괜히 불쾌하군. -_-;;

"야! 너 이름 뭐야?"

윤강연이 내 얼굴을 똑바로 보며 물었지만 내겐 너무나도 같잖게 들려오는 이유는 또 무엇인지…….

"밥 먹으러 가자."

나는 윤강연 얼굴을 싸늘하게 쳐다본 후 아무런 대꾸 없이 식당 쪽으로 걸어갔다. 뒤에서 박나리가 뭐라뭐라 소리치는 것 같았지만 내가 보기엔 둘 다 너무도 유치해 보였다. 내 행동에 놀란 지영이와 민이가 호들갑을 떨기 시작했다.

"준희야, 너 진짜 맘에 든다!! 하하—!! 우와!! 우리가 저것들을 한

방 먹인 거야!! 아싸~ 신난다!!"

"준희야, 아침에도 고마웠지만 지금도 무척 고마워~ 내 속이 다 풀린다~ ^0^"

지영이랑 민이는 저것들한테 맺힌 것이 무척 많은가 보다. 하지만 이 일을 계기로 박나리, 윤강연과 엄청난 실갱이가 벌어질 줄은 아무도 알지 못했다. 나조차도……

7

수업이 끝나고 지영, 민이랑 노래방 가기로 했다. ^^v 교실에서 나와 운동장을 가로질러 교문을 지나가고 있을 때였다. 갑자기 지영이가 들뜨기 시작했다.

"준성이다. 흐흐~"

"어디어디??"

민이도 좋아라 쳐다본다. 교문 앞엔 아침에 본 녀석들이 서 있었다. 준성… 운균… 태민… 지훈. 앗! 잠깐만. 저기에 저 자식이 왜 있지?? 또 한 명의 희귀 인물… 박준영 저놈도 함께 서 있었다.

"엇… 한 명은 못 보던 인물인데? 우와~ 쟤도 잘생겼다~!! 그치, 민이야?"

"으응, 괜찮네."

"태민이가 나리 만나려고 다 같이 기다리고 있나 보다."

"그러게."

교문에 거의 다 왔을 때쯤 준영이 놈이 나를 발견하곤 뚜벅뚜벅 걸어온다.

"박준희, 너 어디 가냐?"

저게 미쳤나… 웬일로 먼저 아는 척을 다 하고 난리래.

준영이가 나한테 와서 말을 걸자 지영이와 민이는 준영이 얼굴과 내 얼굴을 번갈아 쳐다보며 당황해했다.

"내 동생이야. ^^;;"

"헉! 친동생?!"

"응. 애도 오늘 공고로 전학 왔어."

"아, 그랬구나."

"박준영, 인사해. 누나 친구들이야."

그제야 준영이 새끼 한번 휙 쳐다보더니 간단하게 고개를 숙였다. 역시나 싸가지없는 놈.

"어디 가냐고."

"애들이랑 놀러 가기로 했다. 왜?"

"돈 줘."

"이게 미쳤나. 너 나한테 돈 맡겼냐?? 아침에도 버스비 내가 다 냈잖아."

"쪽팔리게 하지 말고 이 만원만 줘."

"아, 짜증나. 야, 가져가. 집에 가서 안 주면 죽는다."

"알았어."

준영이 자식은 돈을 받더니 금세 가버린다. 역시 저놈이 날 아는 척한 건 다 이유가 있었어. 나쁜 놈.

"이야~ 역시 네 동생이다. 너희 집 식구들은 다 잘생기고 예쁜가 봐."

"얼른 가자. ^^;;"

괜히 쑥스러워 얼른 그들을 지나쳐서 걸어갔다. 아까부터… 계속 나를 쳐다보던 준성이가 자꾸만 거슬린다. 지금도 나를 쳐다보고 있다.

"준희야, 어디 가~?"

태민이가 장난스럽게 말을 건넨다.

"상관 마."

나의 행동에 또다시 모든 애들이 당황해하는 것 같았다. 태민이조차도 뭐가 그리 당황스럽다고……. 사람 무안하게. −_−;;;

"준희야, 준성이 애들 알아??"

"그냥 얼굴만 알아."

"그랬구나. 신기하다. 발이 참 넓구나?"

"그런 건 아니고… 그냥 아침에 잠깐 얼굴만 본 건데 알고 봤더니 쟤네들이랑 내 동생이랑 아는 사이더라고. 그래서 그런 거지."

"그렇군. ^^*"

나는 신경 쓰지 않은 채 언덕을 내려가고 있었다. 왠지 느낌상 그 것들도 내려오고 있는 것 같았다. 그것들뿐만이 아니라 싸가지들인 박나리와 윤강연도 함께.

나는 싫었다. 박준영이 박나리와 윤강연과 함께 있다는 사실이 정말 싫었다. 괜히 신경질이 났다.

"야!"

뒤에서 누군가 내 팔을 잡았다. 준영이다.

"왜!"

"너 표정이 왜 그러냐?"

"짜증나서 그런다. 왜!"

"왜 짜증나는데?"

"몰라도 돼."

"너 오늘 나 따라와라."

"싫어. 애들이랑 놀 거야."

"따라오라고. 운균이 형네 가는 건데… 같이 가자."

"거길 왜 가?"

"같이 가자면 가! 말 참 많네. 같이 갈 거죠?"

"아… 준희 가면… 가죠……."

지영이는 얼떨결에 대답하는 것 같다. 저놈이 갑자기 왜 저러지.

"가자… 준희야!! 가자!!"

"왜!"

"나리랑 강연인가 뭔가 하는 애들도 같이 가나 본데, 쟤네들 짜증나서. 그냥 그나마 덜 짜증나는 너라도 같이 가는 게 나을 것 같아서."

"풋~"

"하하……."

민이와 지영이는 준영이의 말에 웃기만 한다. 다행이다. 아니, 역시 내 동생이다. 준영이도 박나리랑 윤강연을 마음에 안 들어하는 게 분명했다.

"왜 웃어요?"

준영이가 민이를 쳐다보며 묻는다. 가뜩이나 수줍음 많은 민이가 얼굴이 빨개져 어쩔 줄을 몰라 한다.

"그냥……."

"같이 가자! 형들, 준희랑 준희 친구들도 갈 거야."

"잘했다."

태민이와 운균이는 뭐가 저리도 신나는지 참 좋아했다. 어느새… 준성이는 나와 준영이 사이에 있었다. 갑작스런 준성이의 등장에 지영이는 방긋방긋 웃기만 한다. 좋은가 보다.

"지영아, 너 요즘도 나리랑 강연이랑 사이 안 좋냐?"

"뭐… 늘 그렇지."

지영이랑 준성이 또한 아는 사이인가 보다.

"준희랑 같은 반이야?"

"응. ^^"

"훗~"

강준성… 나를 보더니 알 수 없는 묘한 웃음을 짓는다. 희한한 놈. 어쨌든 나와 민이, 지영이는 운균이네로 가는 길에 동참했다.

8

"준영아, 너는 이제부터 우리랑 같이 다니자. 알았냐?"

"알았어."

"3학년들 중에서 괜히 선배랍시고 시비 거는 애들 있을 거다. 너 주먹 센 건 아는데 혼자서 무리하지 말고 나나 운균이, 태민이나 지훈이 이름 대. 그럼 지들이 알아서 행동할 거다."

"그래도 지랄하면 핸드폰 치지 뭐. 쿡."

"하하, 그렇담 날아서 오마."

준영이는 이상하게 준성이란 놈과 얘기하고 있을 때 무척 좋아 보인다. 아침에 인사할 때부터 느낀 거다. 형이 생겨서 좋은 건가? 그래도 진짜 나쁜 놈이다. 한핏줄인 자기 누나한테는 한 번도 저런 표정 지은 적 없으면서. 우씨! 나쁜 싸가지 같으니라고. TOT

"준영아."

"응?"

"우리 모일 땐 항상 준희를 데려와라."

"쿡… 알았어."

저놈은 어쩜 저리도 변하지 않는 표정으로 저따위 말을 할 수가 있는 건지 도무지 알 수 없는 놈이다.

"지영아, 너는 강준성 어떻게 아니?"

"아, 친한 건 아니고 같은 중학교 나와서 얼굴만 알고 있었는데 예전에 박나리랑 싸운 적이 있었거든. 그 일 때문에 알게 됐지. ^^"

"싸운 적 있었어?"

"응. 그때 태민이랑 준성이가 말려서 끝났지 코피 터지고 머리 뽑히고 난리도 아니었어. 하하."

"왜 싸웠어?"

"그냥 일종의 시비 같은 거였지. 나 노니깐 건들지 마라… 이런 거."

"박나리 완전히 또라이구나?"

"맞아. 윤강연 저건 또 왜 갑자기 저러는지 모르겠다니깐. 1학년 때는 없는 애처럼 지내더니 2학년 올라와서 박나리랑 같은 반이 되고 박나리 눈에 들어서 그때부터 놀더니 쟤도 같은 꼴 났어. 아주 못 봐준다니깐."

"그렇구나."

"그런데 준희야, 윤강연은 네가 신경 쓰이나 보다. 하하."

"왜?"

"자기보다 더 예쁘니까 놀랐나 보지. 아싸~! 신난다!"

"오늘 왠지 이상한 예감이 들어……."

"뭐가?"

"싸움날 것 같은 불길한 예감 말야……."

"누구랑?"

"윤강연이랑… 나랑……."

"파이팅! *^^*"

지영이는 마냥 좋은가 보다. 왜 그런지는 모르겠지만 정말 짜증날 정도로 그런 예감이 든다. 강준성 저 인간은 완전히 자기네 집에 가는 사람 같다.

　　"준희야, 너랑 준성이랑 진짜 무진장 잘 어울린다."

　　"그런 소리 하지 마. 나 싫어."

　　"어머~! 너 준성이 싫어??"

　　"응. 저런 타입 별로야. 그리고 나 좋아하는 사람 있어."

　　"진짜? 누군데? 사귀는 사람이야?"

　　"일 년 사귀고 헤어졌어. 그런데 잊지 못하는 거지. 아직도 좋은 것 보면……. ^^;;"

　　"그렇구나. 그래도 너랑 준성이 너무 잘 어울리는데……."

　　"어울리긴."

　　"준성이 몸매도 끝내주는데. 조끼만 입고 있으면 장난 아니야. 진짜 멋있어. 흐흐~"

　　"못 말린다니깐."

　　"준희야, 들어와라!"

　　강준성이 나를 보더니 손짓한다. 참나, 지가 언제부터 나를 알았다고 친한 척하기는. 남자애들이 다 들어가고 그 뒤를 따라 우리도 들어갔다.

　　툭—

　　누군가 나를 실수가 아닌 고의로 밀었다. 역시나 내 예감은 조금씩 적중해 가고 있었다. 윤.강.연.이었다. -_-++

“어머! 거기 있는 줄 몰랐네? 내 힘에 밀리는 거 보니깐 너도 힘이 없긴 없나 보구나?”

“너 미국에서 살다 왔니?”

윤강연은 내 말이 무슨 뜻인지 몰라 쳐다보기만 할 뿐이다.

“말귀를 못 알아듣네. 너 말끝마다 왜 이렇게 혀를 굴려? 듣는 사람 생각도 해줘야지? 여긴 비꼬는 나라가 아니라 한국이야! 대한민국이라구!! 알았어?”

“이게!! 너 아까부터 까부는데 진짜 죽을래!!!”

박나리가 마구 흥분하자 윤강연이 조용히 말리곤 나를 노려봤다. 하지만 나는 여전히 우습기만 할 뿐이었다.

“준성이가 있어서 참을 뿐이야. 강준성이 있기 때문에 너 같은 년 가만두는 거야. 준성이가 없었더라면 넌 벌써 내 손에 죽었어.”

“훗~ 마음대로 생각해.”

나는 먼저 집 안으로 들어갔다. 강준성이 있어서 참는다고?? 내 직감상 윤강연이 강준성을 좋아하고 있음이 분명했다. 왠지 또다시 꼬여가는 느낌이 든다.

“민이야, 봤어? 윤강연 얼굴 빨개지는 거. 으하하, 진짜 신난다.”

“그러게. 준희 진짜 깡 세다.”

“깡이 센 게 아니라 윤강연 저것이 제대로 된 사람을 만난 거여! 이제 저 인간들의 세상은 끝났어!!”

“그런데 지영아, 민이야, 나 궁금한 게 있는데… 혹시 윤강연이 강준성 좋아해?”

"응!!"

"응!!"

민이와 지영이는 또다시 흥분한 나머지 고개까지 끄덕이며 대답했다. 역시나 그랬군.

"그런데 준성이는 윤강연 거들떠보지도 않아."

"왜?"

"그거야 모르지. 그래도 준성이가 생각이 있는 애라서 다행이야. 내가 남자라도 얼굴 이쁜 건 인정하겠지만 저 인간의 실태를 아는 사람이라면 절대 좋아할 리 없지."

"하기야."

소파에 앉아서 TV를 봤다. 아침에 일찍 일어나서 그런지 너무나도 졸립다. =_=

주방 쪽에 있던 남자애들은 무척이나 시끄럽다. 뭐 하는 건지… 자기들끼리 엄청 친해진 거 같다. 특히 준영이와 준성이는 꼭 형제 같아 보인다. 둘 다 얼굴도 곱상한 데다가 약간 마른 체형에 어깨는 넓고… 저렇게 보니깐 진짜 형제 같다.

어느새 박나리와 윤강연도 주방에 합세했다. 태민이와 박나리는 둘이 붙어 앉아서 좋다고 재잘거린다. 태민이는 박나리의 어디가 좋은 걸까. 신기하다. 큰 상이 하나 차려지고 술들이 올라온다. 하는 걸로 봐서 오늘 준영이 환영회 같다. 귀찮았지만 어쩔 수 없이 아무 데나 앉았다. 앉았는데… 강준성은 어느새 내 옆에 와서 앉아 있었다.

"졸립냐?"

"그래, 졸립다."

"훗~ 어떡하냐? 술 마시면 더 졸릴 텐데."

"너희들 앞에선 안 잔다."

"너 술 좋아하냐?"

"안 좋아한다."

"어떡하냐. 게임해서 걸리면 마셔야 할 텐데."

"안 걸리면 되지."

"쿡… 그래, 안 걸리면 되지."

남자애들은 역시 술이 물인 줄 아나 보다. 마구마구 마셔대는 걸 보면 말이다. 하기야 어렸을 때나 한번 저래 보지 나이 먹으면 저 짓도 할 짓이 아니라고 아버지가 늘상 말씀하셨다. ㅡ_ㅡ

그래도 그중에서 지훈이라는 애가 가장 멀쩡해 보인다. 태민이 옆엔 좋다고 애교 부리고 있는 나리가 있고, 그 옆엔 준성이한테 건배하자고 졸라대는 윤강연이 있다.

그러다 게임이 시작됐다. 정말 짜증나는 게임이. ㅡ0ㅡ

9

뭔 게임인지는 잘 모르겠지만 사람 수가 많다 보니 내 차례가 오기 전에 걸려 버린다. 바보들. 걸려서 술 마시는 데도 좋아하는 거 보면 술 마시고 싶어서 안달난 애들 같다. 윤강연은 걸려도 마냥 좋은가 보다.

"준성아~ 나 또 걸렸또. ^^"

"응, 그래. 마셔."

"아웅~ 속 쓰려. ^^"

저 둘을 보고 있으면 웃긴다. 한 명은 좋아서 안달인데 다른 한 명은 시큰둥하고 있으니 그 모습이 참 묘하다. 나는 한 잔도 안 마셨는데 얘네들은 언제 저렇게 술을 많이 마신 건지 빈 병이 열 병도 넘게 굴러다니고 있다. 대단하다!! 자식들아, ㅡㅡ 이런 짓도 모두 한때란다. 지훈이는 조금 취한 것 같다. 얼굴이 빨개져서 웃기만 한다. 웃겨. ^^;;

"박준영!! 형이 주는 술 한잔 마셔야지!!"

상당히 오버해서 큰 소리로 말하는 거 보면 운균이도 취했나 보다. 준영이도 아까부터 계속 주는 술 먹는 거 같던데 일났군. 집에 갈 때 나 혼자 고생하겠어. 이휴~

"야, 강준성. 준영이 술 그만 마시게 네가 막아."

"왜?"

"집에 갈 때 힘드……."

"운균아! 준영이 많이 마셨다. 술 그만 줘."

헉! 내 말을 끝까지 듣지도 않고 실행에 옮겨서 깜짝 놀랐다. ㅡ0ㅡ 역시 희한해.

"너 술 한 잔도 안 마셨지?"

"마시기 싫어."

"그래도 한 잔만 마셔."

"싫어."

"마셔."

"싫어."

나의 고집에 화가 났는지 오히려 자기가 술을 먹는다. 얼굴색 하나 안 변한 채 정말 대단할 정도로 마셔댄다.

"야! 게임해!"

강준성의 외침으로 얌전하던 술판에 엄청난 게임이 다시 시작되었다. 잘 넘어가야 된다, 잘. 박준희 파이팅!!

앗!! ——;;

"우하하~!! 준희 걸려따!! 으허허허~!! 너 한 잔도 안 마셨지?? 내가 술 취했어도 너 안 먹은 것은 기억한다~!! 빨리 마셔!!"

저런 망할 놈의 촐싹맨 새끼. 나는 마시지도 못하는 술을, 그것도 큰 컵에 맥주 반 잔, 소주 세 잔이나 담겨져 있는 걸 단번에 원샷해 버렸다.

"얼~!!"

"준희, 너 술 잘 마시네~!! ⋆^^⋆"

"으하하~!! 신난다!! 내가 거기다가 소주 한 잔 더 부었지롱~!! 으하하. 헉… 째려보지 마. 준희가 무서워. ㅜoㅜ"

저런 미친… 싸가지 놈… 벼락 맞을 놈 같으니라고. 안간힘을 써서 똑바로 앉아 있었다. 과… 롭… 다. 속이 뒤틀린다. 죽을 것만 같다. 어떡해. -0- 안 돼!! 여기서 쓰러지면 안 돼!! 저것들이 분명 날 깔볼

거라고!! 박준희! 내일 널 비웃고 있는 졸싹이의 얼굴을 떠올리렴. 그
래… 떠올리자. ㅡ_ㅡ^

"괜찮냐?"

"괜찮아."

"나한테 기대."

"됐어."

"기대."

"됐다구!!"

앗… 내 소리가 너무 컸나 보다. 순식간에 모든 애들이 놀란 표정
으로 나와 강준성을 쳐다본다. 괜히 민망해지잖아.

"야!! 싸가지없는 년아!!"

역시나… 윤강연이었다. ㅡ_ㅡ^ 싸가지… 없는 년? ㅡ_ㅡ 왜 시비
안 거나 했지. 박나리는 술 취해서 방으로 들어간 지 오래고… 윤강
연 혼자 어디서 저런 기운이 났는지 씩씩댄다.

"너 지금 나한테 한 소리야?"

"그래!! 여기 너 말고 싸가지없는 년이 또 어디 있어?"

"훗~ 너! 나 말고 너!"

"씨발! 뒤질래?"

"술 취한 사람이랑 상대 안 하니깐 술 깨거든 죽이든 말든 해."

"이게!!"

팍!!

날아오는 윤강연의 손을 누군가 빠르게 잡았다. 또… 강… 준…

성······.

"윤강연, 분위기 망치지 마."

"싫어! 이거 놔!! 저년이 뭔데 너한테 큰 소리야!! 응! 나 싫어! 너한테 그러는 거 나 진짜 싫다고!"

"알았으니깐 가만히 앉아 있어! 태민아, 데리고 가."

윤강연 끝내는 우는 거 같다. 젠장. 기분이 영 찜찜하다. 뭔가 나쁜 짓을 한 것마냥······.

"준영아, 가자! 박준영! 일어나!! 지영아, 민이야, 가자."

"응, 그래··· 가자. 민이야, 일어나."

나는 교복 재킷을 입고 준영이를 일으켜 세웠다. 어지··· 러워······.

"형들, 나 갈게. 내일 봐."

"데려다 줄게. 가자."

"됐어. 그냥 있어. 우리끼리 갈 수 있어."

강준성은 또 아무런 말 없이 재킷을 들고 밖으로 나간다. 저놈은 순 지 마음대로다. 자기 하고 싶으면 하는 거고 하기 싫으면 안 하는 것 같다.

"준희야, 우리 택시 타고 가면 되니깐 내일 보자."

"그래. 지영아, 조심해서 가고 민이 잘 데려다 줘."

"응. 오늘 재미있었어. ^^ 나 간다~"

"잘 가."

"준성아, 안녕."

"잘 가라."

지영이와 민이가 택시 타고 갔다. 민이 뒷모습이 왠지 걱정된다. 술 많이 마신 거 같던데. 에효. ——;;

"타."

강준성이 뒷문을 열곤 나를 보며 말한다. 우리 둘을 바라보던 준영이는 술에 취했으면서도 잘만 걸어서… ㅡ_ㅡ;; 앞자리에 휑하니 타버린다. 나는 뒷자리에 탔다. 그런데…

"야, 너 왜 타?"

"데려다 준댔잖아."

"웃긴다. 내가 집도 못 갈 것 같냐?"

이놈 내 말에 또 대꾸 안 한다. 나는 두 눈 부릅뜨고 허리를 꼿꼿하게 세운 채 앉았다. 하지만 뜨거운 히터 바람에 왠지 잠이 온다.

졸…… 립…… 다…….

"준영아, 너희 집 여기냐?"

눈이 떠졌다. 헥!! ㅡ0ㅡ 난생처음으로 아빠 아닌 남자 등에 업혀 있었다. 그것도 박준영이 아닌 강준성한테… 민우 등에도 업힌 적 없던 난데……. 아, 정말 난 미쳤다. 한 번도 이런 추한 모습 남한테 보인 적 없었는데……. 짜증난다. ㅜㅜ

"내려줘."

"깼냐?"

"야… 잘 가."

쪽팔렸다. 무조건 빨리 집 안으로 들어가야 했다. 준영이는 벌써 들어간 지 오래고 빨리…….

"잠깐만."

"왜? 읍……!!"

너무나도 순식간에 일어난 일이라 내 머리는 어떡해야 하는지 까마득히 잊고 있었다.

"야! 강준… 읍!"

이놈이 이젠 아예 자기 팔에 내 머리를 껴버렸다. —_—;; 아무리 빠져나오려고 해도 술 취한 내 몸은 힘센 이놈의 힘을 감당할 겨를이 없다. 주저앉고 싶다. 다리에 힘이 풀려 버리잖아……. 이놈은… 엄청 오랜 시간 뒤에야 나를 놓아줬다.

"하아…… 야… 너… 너!!! 뭐 하는 짓이야!!!"

정말 화가 났다. 정말 너무너무나도!!! 아무래도 이 인간 정말 미친 거 아니야?! 하지만 무례한 이 나쁜 놈은 웃으며 내게 황당한 말을 건넸다.

"너 나 좋아해라."

귀도 안 찬다. 정말 황당하다. 멋대로 키스를 하더니 사과 한마디도 없이 너 나 좋아해라라니……. 별꼴이 반쪽이라더니 이놈이 딱 그 꼴이다.

"웃기지 마!! 내가 미쳤다고 널 좋아하냐!! 이 나쁜 새끼야!"

"집에 얼른 들어가라. 부모님이 걱정하시겠다."

"참나!! 웃기고 앉아 있네."

"넌 날 꼭 좋아하게 될 거다."

"웃기지 마! 내가 널 좋아하게 되는 일이 있다면 그땐 내가 미친 거야!!"

"박준희… 미칠 날도 이제 얼마 안 남았군. 훗~"

저놈은 또 묘한 웃음을 짓곤 돌아섰다. 그리곤 또 한마디를 내게 던졌다.

"이미 넌 내 여자 하기로 했다. 싫든 말든 넌 내 여자야."

"……."

하… 정말 황당하고도 미칠 노릇이다. 내 입술… 민우 외엔 아직 한 명도, 단 한 명도… 그런데… 저놈이… 내 입술을……. TOT

"너 나 좋아해라."

"넌 내 여자야."

방에 들어온 후 삼십 분이 지나도 그놈의 말이 자꾸만 귀에서 메아리쳤다.

…미친놈. 그래, 미치지 않고서야……. -_-+

10

웃기지도 않았던 하루가 지나고 또다시 밝아오는 아침. 어젯밤 일은 모두 잊기로 했다. 그놈과 키스했던 일은 절대 잊을 거다. 난 모르는 일이야. 내가 원해서 한 것도 아니고 그놈 혼자서 쇼한 거니깐 다 잊을 거야! 그래, 잊는 거야!! +_+

"야! 너 속 괜찮아?"

"그냥 그래. 졸립다. 준희야, 버스 온다."

7번 버스가 오고 있었다. 나는 서둘러 버스를 타려 했지만 박준영이 또 먼저 탄다. 이런, 제길!

"야, 돈 내라."

"너어! 죽는다! 네가 내!"

"난 말했다."

윽! 정말정말 저 새끼를 어떻게 죽여야 하나! 분명히 때려 죽여야하는데! 나는 또 700원을 더 냈다. 어제부로 1,400원을 더 낸 셈이다. 저런 망할. 저놈은 도대체 어떻게 생겨먹은 놈이길래 저리도 싸가지가 없는 걸까. 아! 열받는다.

난 여느 때와 마찬가지로 뒷자리로 향했다. 역시 뒷자리엔 어제와 같은 모습의 놈들이 앉아 있었다. 조금 달라진 것이 있다면 두 자리가 비어 있다는 것이었다.

"어이~ 준영! *^^* 이리 와~"

촐싹맨은 준영이를 상당히 좋아하는 것 같다. 얼굴이 그나마 귀여운 편이어서 저리 애교 떨어도 봐줄 만은 한 거 같다. 덩치맨이 저랬으면 버스가 자지러졌을지도 몰라. -_-a

"이리 와라."

강준성이 나를 보더니 곁눈질로 지 옆 자리를 가리킨다. 학교까지

서서 가는 것보단 나을 것 같아 저놈 옆 자리에 앉았다.

"오늘 보니 더 예쁜데?? 쿡~ ^^"

"야, 너 느끼해."

"예쁜 걸 어떡하라고."

"허… 참나."

"역시 네 매력은 앙탈 부리는 거야."

"야, 너 눈 느끼해. 저리 치워."

"눈을 어디다 치우냐?"

"그럼 깔아."

"풋~ 그래, 알았다. 기꺼이 깔지. 너를 위해 그것도 못하겠냐?"

이놈… 갈수록 느끼해져서 미치겠다. 커다란 눈에 느끼하게 쌍커풀까지 있으니……. 그나마 다행인 게 눈이 쌍커풀은 있지만 눈매가 날카롭다는 것. ㅡ_ㅡ; 흠. 그래도 기생오라비 같으니라구! 쳇! 나이트 가면 애들이 '오빠' 하고 따라붙기엔 딱이구만! 아니면 지가 나이트 가서 '사모님' 이러든지. ㅋㅋ

학교 언덕길을 올라가는 길에 공고 애들이 강준성을 보고 90도로 허리 숙여 인사를 하고 간다. 뭐야?? 그중에는 2학년들도 드문드문 있는 것 같았다. 강준성… 뭐라도 되는가 보다. 지영이한테 물어봐야겠다.

"안녕하십니까!"

또… 다. 어떤 남자애 두 명이 강준성과 서태민, 이운균, 민지훈을 보자마자 인사한다. 운균이는 또 촐싹맞게 장난치며 걸어가고 태민이와 지훈이는 웃으며 받아주는 거 같은데… 저놈!! 강준성 하나만 유독 웃지도 않고 그저 냉정히 스쳐 지나간다. 진짜 싸가지없다.

보면 볼수록 성격이 박준영 자식과 똑같다. -0-

"야, 넌 상대방이 인사를 하면 고개라도 끄덕이던가 무슨 반응이라도 보여야지 건방지게 그게 뭐야??"

"귀찮아."

"참나, 귀찮다구?? 아우! 혈압 올라."

"괜한 일에 열 올리지 말아라. 어서 들어가 봐."

저놈이 만약에 내 선배였다면 오늘부로 죽었을 거다. 나쁜 놈 같으니라고… 아침부터 저놈과 같이 있어서 그런지 신경질이 더 난다.

교실에 도착하니 지영이는 벌써 와 있었다.

"지영아!"

"응. ^^ 준희야~"

"너한테 물어볼 게 있는데 강준성 말야."

"준성이 뭐?"

"학교에서 뭐라도 돼?"

"이짱이야. 원래 이짱이 있었는데 준성이랑 사이가 안 좋아서 대판 싸웠다가 그 애가 져서 준성이가 이짱이 된 거라던데. 그래서 그 애 밑에 있었던 애들이 다 준성이한테 90도로 인사하잖아."

그래서 아까 같은 2학년인 애들이 인사한 거였구나. 이놈 꽤 무서운 놈이네.

"준성이가 얼마나 멋있다구!! 너무너무 멋있어. ^^"

지영이도 준성이를 좋아하나? 지영이는 준성이 얘기 할 때가 가장 행복해 보인다.

"그런데 준성이는 이짱 같은 거 되게 싫어해."

"왜?"

"귀찮대."

"참나."

내 얼굴은 또다시 일그러졌다. 그놈은 도대체 안 귀찮은 게 무엇인지… 그렇게 다 귀찮으면 왜 사나 몰라. -0-

"귀찮으면서 왜 한대?"

"권력 장악! 크하하~ 그런 거지 뭐. ^^ 남자애들 그런 거 있잖아. 공고는 특히 그런 게 심해. 유한 공고라고 또 있는데 그쪽이랑 대림이랑 사이가 무지 안 좋거든? 들려오는 소문엔 다음주쯤에 큰 싸움이 날 것 같다고 하더라구."

"진짜??"

"응. 큰 싸움 한번 나면 애들 되게 많이 다쳐."

"정말이야?? 준영이도 왠지 합세할 것 같은 불길한 예감이 든다."

"말려도 아마 싸울걸……."

"당연하지. 내가 무슨 수로 박준영을 말리겠니. 하늘의 별 따기지."

남자들이 모르는 여자들만의 세계가 있듯이 남자들도 그런가 보다. 싸움이란 것 개인적으론 싫어하지만 강준성은 싸울 때 어떻게 싸우나 조금 궁금하기도 하다. 크크. 정말 싸움을 잘할까? 애들이 다

막아주는 거 아니야? 준영이는 주먹을 잘 쓰던데… 겁대가리 상실한 놈이지. 전에 칼 들고 설쳤던 강도를 한 번에 주먹을 날려 쓰러뜨린 놈이니깐. 후훗~

　나는 강준성이란 인간에 대해 조금씩 궁금해지기 시작했다.

2

터프 가이가 사랑에 빠졌을 때

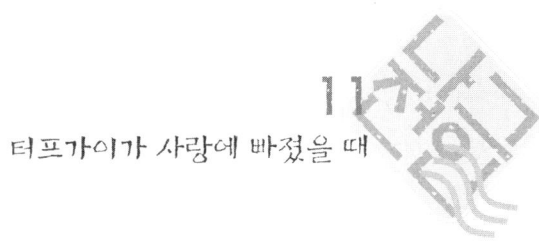

터프가이가 사랑에 빠졌을 때

오늘따라 유난히도 공부하기가 싫은 이유는 뭔지. ——;; 안 되겠다 싶어서 딴짓이라도 할 겸 지영이와 잠시 자리를 바꿨다. 지영이 자리는 창가라서 딴짓하기엔 딱이다. 흐흐. 거기다 심심하지 않게 운동장도 보이니. ^^ 그런데 정말 지루하다. 빨리 수업이 끝났으면 좋으련만 아직도 시간이 많이 남은 걸 보니 아무래도 저 시계가 고장난 듯싶은데. ㅋㅋ 어라? 운동장에서 뜻밖의 인물이 보였다. …강준성이다. 체육 시간인가 보다. 체육복을 입고 껄렁하게 앉아 있다. 멀리서 보니 꽤 봐줄 만은 하다. 촐싹이도 체육복을 입고 있는 것 보면 강준성과 같은 반인가 보다. 촐싹이를 보고 있으면 조금씩 귀엽다는 생각이 든다. 성격은 재수없어도 말이다. 늘 재수없는 강준성보단 낫지. 강준성 뭘 하는가 싶더니 농구공을 들고 와 애들 몇 명이랑 농구를 하기 시작했다. 뛰는 폼이 꽤… 아주 꽤… 괜찮은 것 같다. 멋있다고는 말하기 싫다. ㅠㅠ 농구도 그럭저럭 하는 것처럼 보인다. 강준성이란 놈… 도대체 어떤 놈일까. 궁금하다. 궁금…….

"준희야… 박준희!!"

"응?"

"무슨 생각 해?"

"벌써 수업 끝났어?"

"그래, 선생님도 나가셨잖아. 무슨 생각 하길래… 어라? 준성이잖아? 지지배~ 준성이 보고 있었구나?"

"아, 아니야!! 그냥… 잠깐 생각할 게 있어서……."

쪽팔린다. 내가 강준성을 한없이 쳐다보고 또 정신없이 쳐다봤다는 걸 지영이가 눈치 챌까 봐.

"그래. 알았어. ^^ 준희와 내가 너한테 진짜!! 진짜 부탁하고 싶은 게 있는데 들어줘! 응?"

"뭔데?"

"먼저 들어준다고 약속해 줘!!"

"내가 들어줄 수 있는 거면 들어줄게."

"넌 충분히 들어줄 수 있어!!"

"맞아, 준희야. ^^ 나도 하는데 네가 왜 못하겠니? 히히."

뭔지는 모르겠지만 지영이는 꽤 다급한 듯 말했고 그런 지영이의 말에 민이도 동의한다. 뭐지?

"말해 봐. 뭐야?"

"먼저 들어준다고 약속해 줘!! 응??"

"내가 진짜 들어줄 수 있는 거야?"

"응!"

"그래, 알았어. 들어줄 테니깐 말해 봐."

"꺄악~!! 진짜지? 약속해!! 약속!!"

"그래, 약속. 내 이름 걸고 약속."

"우와~! 신난다! 민이야, 다행이다. 그치?? 우리 이제 대성공이다!!"

앗! 괜한 약속을 한 듯… 하지만 없던 일로 하기엔 이미 지영이의 기분은 하늘을 날고 있었다. 민이와 껴안은 채 너무도 좋아하는 걸 보면 분명 예사롭지 않은 부탁인 게 틀림없다. 맙소사. 점점 두려워진다. 으~

"지… 영아, 뭔데……?"

"이제 이주 후면 공고랑 상고에서 일 년에 한 번씩 있는 이벤트 행사가 있거든? 내가 이래 봬도 이벤트 단장 아니니. ^^ 호호~"

"이벤트 행사가 뭐 하는 건데?"

"그냥 애들 춤추고 노래하고 그러는 거지. 일종의 축제라고 보면 돼. ^^"

"뭐?! 너 그럼 혹시! 나보고 춤추고 노래하라는 거야?!"

문득 가슴이 답답해짐을 너무나도 절실히 느끼고 있다. 답답하다.

"아니야. 내 말 들어봐. ^^ 그러니까 다른 애들이 공연하고 나면 마지막에 우리 이벤트 팀이 장식하는 부분이 있거든. 올해는 1학년들 10명이 치어리더 하고 나는 단장이라서 댄스 공연 해야 하거든. 세 명이 해야 하는데 나랑 민이랑 하면 한 자리가 비잖니. 그래서 요즘 머리가 무척무척 아팠는데……."

"잠깐만!!"

"아니야, 준희야. 내 말 끝까지 들어줘. >.</ 그래서 말인데 너만한 애가 없잖니. ^^ 몸매도 늘씬하지, 얼굴도 짱이지~ 으하하!"

"싫어! 안 해!"

"어… 준희야!"

갑자기 지영이가 두 눈을 부릅뜬다. 그러더니 내 어깨를 꽉 잡았다. 두렵다.

"애, 준희야!! 나와 약속했잖니? 네 이름까지 건다며? 나는 네가 약속도 안 지키는 그런 애라고는 절대 생각 안 한다! 네가 그렇게 양심도 없는 애라곤 절대 생각하지 않아! 내 말 무슨 뜻인지 알지?"

나는 점점 지영이가 무섭다. 흑흑. T_T 정말 잘못 걸렸다. 멍청한 박준희. 이름까지 건다고 했으니. 악!!

"아, 알았어. 지킬게. -_-;;"

"야호! 사랑해, 준희야!! 앙~"

사랑이고 개발이고… 큰일 났다. 상고와 공고 이벤트 행사라면 엄청난 인간들 앞에서 춤을 춰야 하는 거잖아. 아, 날 살려줘.

"준희야, 오늘부터 연습에 들어갈 거야. ^^*"

"우와~ 지영아, 진짜 멋있겠다. 그치? 우리 셋이 하면 말야. ＼0^"

"그러게~ 민이야, 나 너무 기분이 들떠~! 우리 이러다가 퀸카 되는 건 아닌가 몰라. ^-^"

"잠깐만. 어라? 공고라면… 강준성도 참여하는 거잖아??"

"응! 준성이뿐만이 아니라 운균이, 태민이, 지훈이 다 있지. 참! 거기다 네 동생 준영이도 있고."

오… 오… 맙소사…….

"야… 난 진짜…….."

"난 진짜 뭐?? 진짜 잘할 수 있다고?? 당연하지. 어머, 종 치네. 준희야, 이제 한 교시 끝나면 우리들의 연습 시간이당. 오늘부로 13일 남았어. ^^ 어머, 선생님 오셨네."

미칠 것만 같다. 내가 완전히 지영이 저것의 속임수에 걸려든 셈이다. 큰일 났다. 내가… 강준성 그놈 앞에서 춤을 춰야 한단 말인가. 정말 싫다. 그리고 윤강연 그 가시네 앞에서 그 쇼를 해야 한단 말인가. 하늘이시여!! 맙소사입니다!

하지만… 나는 지영이와 약속을 했다. 그것도 내 이름을 걸고… 참나, 완전한 개망신이 될지도 모를 판국이다. 춤이라… 박준희가 그 많은 인간들 앞에서 춤이라. -0-

12

나는 그날 이후로 전혀 생각지도 않고 살던 춤 연습을 해야 했다.

그것도 학생들한테 알려지면 안 돼서 비밀리에 해야 했다. ——^ 지영이는 정말 춤을 잘 췄다. 같은 여자인 내가 봐도 섹시했다. 춤 연습한다는 게 이토록 힘든 건 줄은 몰랐다. 힘들어. 흑흑. ㅜㅜ

"준희야, 거기서 허리를 더 틀어!"

"이렇게?"

"그렇지! *^^* 준희, 너 너무 잘해~!"

우리는 왁스의 'Money' 라는 노래에 맞춰 연습을 했다. 도입 부분에 약간 테크노 풍의 안무에서 지영이는 장난 아니게 허리가 쏙쏙 잘 돌아간다. 나랑 민이는 얼빠져서 쳐다만 볼 정도로 정말 기가 막히게 멋있다. 그러다 강한 비트 부분에는 기타 치는 모션으로 춤을 추는데 하다 보니 재미있다는 생각도 들었다. ^^ 우리는 몇 시간째 계속 Money를 반복해서 연습했다. 정말 숨이 찰 정도로, 얼굴이 땀범벅이 될 정도로 열심히 했다.

"휴~ 작년에도 이런 것 했어?"

"그럼 당연하지~!!"

"그때 지영이 장난 아니게 인기가 폭발이었어. ^^ 지금은 졸업했지만 그 당시 3학년 선배들한테 인기가 젤 많았다니깐~"

"그렇구나."

"그런데 내 생각엔 말이지, 요번 계기를 통해서 준희가 학교 전체에 뜰 것 같아. 민이야, 안 그래?"

"내 생각에도! 어쩌면 여신제에 나갈 수도 있을 것 같아."

"아, 맞다!! 여신제가 있었지! 진짜 그렇겠다!! 뽑힐 수도 있겠다!"

"여신제가 뭐야?"

"히히. ^^ 여신제란 말이지~ 우리 학교의 자랑거리로 우리 학교에서 최고의 여신을 뽑는 행사야. 10명의 후보 중에 단 한 명만이 최고의 여신이 되는 거야. 멋지 않니?? 크하하. ^0^ 나도 나갔었는데 탈락했어. 으~ 열받아. 여신제는 80%가 추천으로 이뤄지는데 추천이 들어오면 20명의 심사단이 올라온 후보들 중에 마지막 단 한 명! 여신을 뽑는 거거든. 작년에는 누가 됐는지 알아?"

"누구?"

"윤강연 년이야!! 이게 여신 됐다고 그동안 얼마나 폼을 잡고 다녔는데! 아, 진짜 짜증나는 해였어! 남자들이 좀 예쁘다고 오냐오냐 하니깐 자기가 아주 완벽한 줄 안다니깐!!"

"윤강연이라……."

"여신 되면 좋은 거 또 하나 있다! 엔딩에 멋진 남학생이랑 드레스 입고 워킹해!! 진짜 캡이야. 작년에 인정하긴 싫지만 윤강연 정말 예뻤어. 흰색 웨딩드레스에 왕관을 쓰고 말야. 진짜 예쁘긴 예뻤어."

"그렇구나. 재밌겠다."

"그치?? 그치?? 재밌겠지?? 기대된다, 올해도!!"

나는 지영이의 피 튀기는 여신제 소개에 관심이 갔다. 그래서 담임이 강연이, 강연이 그랬던 거군. 재밌을 것 같기도 하다. 흐흐~ 웨딩드레스라… 그리고 멋진 남학생이라… 크하하, 진짜 재밌겠다. 어디 민우 닮은 남자애 없나. 하하!

"준희야, 오늘 수고했어! 내일도 연습 잊지 마!"

"참! 지영아, 내일 말인데 나 집에 조금 일찍 가야 할 것 같아."

"왜?"

"대리점 오픈이 내일 모레거든. 요즘 한창 바빠. 제품을 진열해 놓느라고 말야. 내일은 토요일이라 무척 바쁠 테니 아빠가 도와달라고 하셨거든."

"아, 그렇구나. 그럼 우리도 가서 도울까?"

"그래, 준희야. 나랑 지영이도 도울게. ^^*"

"정말?? 그래도 되겠어? 밤 늦게 끝날지도 모르는데? ^^*"

"자식! 괜찮아! 걱정 마!! 토요일인데 뭘!! 대신 너무 늦으면 잠이나 재워줘. ^^"

"하하. 그래. 고마워. ^-^ 나 갈게. 내일 봐."

내일 모레가 아빠의 대리점 오픈 날이다. 들떠 계신 아빠를 보면 왠지 나도 덩달아 들뜬다. 아빠는 계속 반응이 좋을 것 같다고 하신다. 진짜 번창했으면 정말 좋겠다. 전단지를 동네방네 다 뿌리고 있다는데… 잘 되어야 할 텐데.

"야, 박준희!"

"박준영, 너 거기 왜 있냐?"

"너 요즘 뭐 하는데 왜 이렇게 늦게 와!"

"아니 뭐… 좀 할 일이 있어서……."

"아버지가 늦었다고 너 데리러 나가라잖아!!"

"아… 그랬냐? 미안하다. ^^;;"

"지지배가 왜 그러냐. 응? 나 봐. 요즘 얼마나 일찍일찍 들어오는데."

"쳇. 요즘은 강준성이랑 안 노냐?"

"그리고 야, 너 아침마다 왜 그렇게 일찍 가? 버스비가 얼마나 한다고."

"ㅡ_ㅡ^ 할 일이 있어서……."

"젠장할. 네 할 일이 도대체 뭐냐?"

"우씨! 몰라도 돼!"

"돈도 없는데 매일 내가 내 버스비 내잖아!!"

"이, 이런! 아우! ㅡ_ㅡ+"

하여튼 저놈만 상대하면 울화통이 치민다. 재수없는 자식. 춤 연습 엄청 해서 이벤트 날 저놈 기절하는 모습 좀 지켜봐야겠다. 너 두고 봐라!! 내가 얼마나 멋있나!! 흥!!

"야, 준성이 형이 너 찾는다."

"어쩌라고?"

"준성이 형은 만나도 돼."

"뭐?"

"그 형은 내가 인정했다. 괜찮은 형이니깐 만나봐."

"어랍쇼. 꼴값이다!"

"까분다, 또."

"우씨."

박준영이 인정하는 강준성이라… 글쎄, 강준성… 준성…….

움찔. -_-;; 갑자기 준영이 자식이 나를 뚫어져라 쳐다본다. 찔릴
것도 없는데 찔리는 이 마음의 상태는 도대체 뭣이오. -_-

"너 혹시 해서 하는 말인데… 김민우 아직도 좋아하는 거 아니
지?"

"뭐래."

"절대 무슨 일이 있어도, 다시 만나는 일이 있다고 해도 절대로 그
놈한테 휘둘리지 마."

"무슨 소리야? 내가 민우를 어떻게 만나?"

"혹시 해서 하는 말이다. 김민우 자식한테… 절대 휘둘리지 마. 너
병신같이 행동하면 그땐 진짜 김민우 죽인다."

"민우 전학 갔는데 내가 어떻게 민우를 만나냐!! 왜 헛소리야?!"

나쁜 놈… 가뜩이나 보고 싶어 죽겠는데… 사람 맘에 불 질러놓는
건 또 뭐냐? 생각하지 않으려 무던히도 애쓰는 나한테 위로는 못할
망정 휘둘리면 죽는다니… 나쁜 놈. 나쁜 놈. ㅜㅜ

13

수업이 끝나자마자 지영이, 민이와 함께 우리 집으로 향했다.

우선 내 옷을 줬다. 아무래도 일을 하려면 치마는 불편할 것이리
라. 대리점 앞 오픈 일이 얼마 안 남아서 그런지 일하는 아저씨들은
간판이며 현수막 거느라 무척 바빠 보인다.

"아빠, 나 왔어!"

"그래~ 우리 딸 왔어?"

"아빠, 내 친구들이야. ^^"

"안녕하세요?"

"응, 그래. 아저씨 도와주러 왔구나? 고마워라. 이쁜이들이니깐 제품 디스플레이 잘할 수 있지?"

"그럼요~! 저한테 맡겨두세요. ^^ 아, 그리고요. 얘는 이름이 민이인데요, 그런 거 정말 잘해요."

"아, 그래? 이야~ 우리 준희 친구들 아주 예쁘고 착하고 좋다."

"히히. *^^*"

"너는 이름이 뭐니?"

"신지영이요. ^-^"

"지영이? 고 녀석 참 까불까불하니 아주 귀엽네."

지영이는 역시… 지영이다. 어쩜 저리도 붙임성이 좋은 건지… 신기한 녀석. 사실 어른들과 말을 하려면 어려운 법인데 나도 저런 면은 좀 배우고 싶다. 흠. ——^

우리는 열심히 제품 진열을 했다. 매장 진짜 크다. 준영이 이 자식은 어디서 뭐 하길래 안 오고 난리래. 싸가지. 엇! 호랑이도 제말하면 온다더니 저 인간 양반 되긴 다 틀렸다. ㅡ_ㅡ;; 엇! 하지만 저 녀석뿐만이 아니라 뜻밖의 인물들도 함께 들어오고 있었다. 이운균, 서태민, 민지훈, 그리고 강준성. 저것들도 도와주러 왔구나.

"아버지, 저 왔습니다."

"그래, 우리 멋쟁이 왔어?"

"어머니는요?"

"볼일이 있어 잠깐 나가셨다. 준영이 친구들이야?"

"형들이에요."

"아, 그래? 아이고, 이 녀석들 아주 폼나네! 허허허."

"안녕하세요?"

"아버님, ^^ 안녕하세요?"

역시 촐싹인 촐싹이다. 지가 우리 아빠를 언제 봤다고 벌써 아버님 이란다. 쯧쯧. 강준성… 오랜만이네.

"아싸! 오기를 잘했다!! 으하하~"

"지영아, 신나냐?"

"응~ 재밌어!! 아싸~!"

"지영이, 너 저기에 좋아하는 사람 있구나?"

역시 민이는 눈치가 좀 빠르다.

"아니! 아니야!! 절대 아니야, 절대!!"

"알았어. 누군지는 안 물어볼 테니깐 당황해하지 마. 지영이 너무 당황한다. 준희야, 그치?"

"그러게. 하하!!"

"아니래도… 응. ——;; "

준성이가 맞긴 맞나? 아닌 거 같기도 하고 맞는 거 같기도 하고… 허허. 궁금해지네.

"준희야, 잘 지냈냐? 요즘에 왜 이렇게 얼굴 보기가 힘드냐?"

"바빴다."

"너 보려고 왔다."

"쳇. 일이나 하시지 그래?"

"나 일 열심히 하면 뽀뽀해 주는 거냐?"

"쯧쯧. 또라이."

"하하!!"

역시 강준성은 미친 말만 해대는 데 일가견이 있다. 준성이는 교복 재킷을 벗더니 애들과 열심히 TV를 들고 오기 시작한다. 생각보단 힘이 센 거 같은데? 무척 큰 박스도 번쩍번쩍 잘도 들고 온다. 이야~ 다시 봤어, 강준성. +_+

"이야~ 이 TV 되게 멋있다! 우와!!"

이운균… 저 자식은 진열이나 하지 역시 구경하느라 난리났다. 역시 저놈은 일하러 온 게 아니라 놀러 온 거였어. 그럼 그렇지. 태민이와 강준성, 그리고 지훈이만 땀나게 열심히 일하고 있다. 물론 박준영두.

"아, 덥다."

준성이는 더운지 입고 있던 조끼마저 벗는다. 그리곤 넥타이를 벗어 던지고 난방을 풀어헤친다. 은근슬쩍 야한 놈. -_- 음… 저렇게 보니 몸매가 잘 빠지긴 잘 빠졌군.

"준희야~"

"응. 엄마 왔어?"

"친구들도 와서 일하는구나. 예쁜 것들. ^^ 그런데 준희야, 저기

키 크고 잘생긴 애… 준영이 친구니?"

"누구?"

"쟤 말이야~"

"강준성?"

"어머! 쟤 이름이 강준성이니? 어쩜!"

"쟤네들 친구 아니야. 준영이보다 한 살 많은 선배들이야."

"어머, 그래? 역시 우리 준영이는 깡이 세서 형들이랑 논다니깐. 호호~"

"어련하시겠어."

"그런데 준성이란 애 너무 멋있다!"

"멋있긴 뭐가 멋있어?"

"어머, 애는! 모델 뺨치잖니? 너 쟤랑 사귀어라. 잘 어울린다~"

"엄마, 왜 그래?"

"진짜야, 준희야. 엄마가 보는 눈이 좀 있잖니. 어머~ 너랑 딱이야~"

"됐어. 그런 소리 마. 엄마, 오늘 내 친구들 자고 갈 거야."

"그러렴."

엄마는 어린아이마냥 들떠 한다. 엄마도 역시 여자이긴 여자인가 보다. 남자애들 많아서 무척 좋아하신다. ——;; 강준성 옆에서 뭘 하시는 건지. ——^ 그 누가 우리 엄마를 말릴 것인가… 아무도 없다.

그런데 하나 이상한 점이 있다면… 강준성이 저리도 열심히 일하는 모습을 보고 있으려니깐… 아주 쪼금 멋있다. 오늘만 쫌… 아주 쪼옴… 멋있는 것뿐이다.

14

벌써 몇 시간째인지 모르겠다. 다 정리한 것 같은데도 여러 소품 박스들이 우리를 기다리고 있다.

"우샷!"

"준희야, 조심해. 떨어진다."

"아앙. 박스 줘."

"자—"

민이가 주는 박스를 받고 올리는 순간… 나는 그만 발을 헛디디고 말았다.

"어… 어……!"

"준희야!!"

나는 너무나 놀랐다. 바로 매장 바닥과 해딩하는 줄 알고 있었는데… 누군가의 도움으로 나는 무사할 수가 있었다.

"괜찮냐?"

"엥? 너는 언제 왔냐?"

"넌 왜 그렇게 아슬아슬해 보이냐?"

"뭘??"

"뒤에서 쳐다보고 있다가 넘어질 것 같아서 왔더니만 결국엔 넘어지는군."

"시끄러워. 손이나 놓으시지?"

"훗~"

"전부터 느낀 건데 너 웃지 마."

"왜?"

"너 웃는 거 느끼해."

"준희야."

내 말에 당황했는지 민이가 나를 툭 치며 말린다. 하지만 강준성 이놈 웃는 거 정말 느끼하다. 쌍커풀 때문에 그런가? ——^

"느끼하냐?"

"그래."

"괜찮아. 나중에는 좋아질 거야."

"또 헛소리."

"하하. 조금만 지나면 헛소리가 진심처럼 들릴 거다."

아… 저놈의 말발은 도대체 어디까지인가. 한 번도 지려고 하지를 않으니 어쩜 저리도 박준영 같은지. —_—

"준희야."

"응?"

"엄마랑 아빠랑 일 끝나면 찜질방 갈 거야~ 아빠가 너무 피곤해 하셔서 찜질방 가서 푹 주무시고 낼 올 거란다. 호호~"

"에구~ 어련하시겠어요~"

"엄마가 집에 먹을 거랑 밥 준비해 놨으니깐 끝나고 집에 가서 차려 먹어. 알겠지?"

"알았어."

"참, 준영이 말로는 준영이 친구들도 집에 가서 잘 거라던데?"

"뭐?!"

"의논할 게 있다고 하던데… 싸우지 말고 잘들 놀고 있어."

"야, 박준영! 이리 와봐!"

"네가 와."

우씨. 저런 재수없는 놈. 오라고 해서 올 놈이 아니란 걸 알기에 순순히 그놈이 있는 곳으로 갔다.

"야! 오늘 쟤네들도 집에서 자고 갈 거야?"

"응."

"왜?!"

"상의할 게 있다."

"월요일 날 해도 되잖아. 오늘 지영이랑 민이 자고 갈 거란 말이야."

"자라. 무슨 상관이야?"

"그래도."

"헛소리 그만 해."

"우쒸. 이 자식이!! 죽으려구!!"

"너는 네 방에서 있으면 되잖아. 방도 내 방보다 넓으면서 너 말 참 많다!"

"하! 참나, 네 마음대로 해!!"

참나, 아주 뭐든지 다 지 마음대로지. 뭐 저런 게 다 있어!! 엄마는 어쩜 저런 성격의 소유자를 낳으신 거지? 아빠와 엄마 성격을 보면 절대 저런 놈이 태어날 수가 없는데. 분명히 엄마가 저거 임신했을 때 깡패 영화만 보셨을 거야. 분명해. 그러니까 저 인간 성격이 저렇지. 아우!!

12시가 되어서야 모든 일이 끝났다. 매장 문을 잠그자마자 차를 타고 아빠와 엄마는 찜질방으로 떠나셨다. 허탈한 마음을 이끌고 집으로 향했다. 저놈들은 지치지도 않나 보다. 촐싹이는 일한 게 별로 없으니 덜 힘들겠지만 ——^ 나머진 힘들 만도 할 텐데 전혀 힘든 기색이 없으니… 거참, 대단하다.

"우와! 오늘 준희랑 같이 자는 거야?"

저런… 저 촐싹이 새끼 입을 뭉개 버리든지 해야지 원.

"준희야, 오늘 진짜 재밌다. 히히."

"지영아, 재밌어? ——^"

"응! 너무너무!"

"그렇겠지. 하하. ^^;;"

"뭐가?"

"아니야. ^^;;"

내 생각이지만 지영이는 분명 틀림없이 저 중에서 한 명을 좋아하고 있다. 누군지는 대충 짐작이 가기도 하지만 강준성 아니면 민지훈이 아닐까 하는 생각을 한다. 민이는 아까부터 뭐가 저리 심각한지, 아니, 무슨 생각을 저리도 골똘히 하는 건지 모르겠다.

저놈들이 꽤 배고파 하는 거 같아서 집에 오자마자 엄마가 준비해 놓으신 음식들을 차려놓고 얼른 불렀다. 우르르 몰려든 이것들은… 아무 말도 없이 밥만 먹어댄다. 전혀 아무 말이 없다. 숨도 안 쉬는 것 같다. 그저 빠를 뿐이다. 우리가 한 수저 뜨면 저것들은 세 수저는 뜨나 보다. 헥. -0-

"너희들, 밥 더 먹을래?"

또 아무런 말도 안 한다. 대단해. 단, 그들은 아주 강렬한 눈빛으로 나를 쳐다본다. 당황스럽기도 하고 웃기기도 해서 밥을 얼른 퍼줬다. 진짜 웃긴다.

"하하… 너희들 몇 달씩 굶었냐?"

"그러게. 장난 아니게 먹네."

"풋~"

우리는 어느새 녀석들 밥 먹는 모습이 신기해서 그들만 뚫어져라 보고 있었다. 참 맛있게도 먹는다.

"이야~ 나 너무 잘 먹었어. >_< 내 배가 이제 그만 쳐먹으래. >_< 아웅."

말도 어쩌면 저렇게 주접스럽게 하는 걸까? -_-;; 푼수 같은 놈. 이운균 왕푼수!

"진짜 배부르다. 준영아, 너희 엄마 음식 솜씨 죽인다!"

"좀 하시지."

"환상이야! 자주 와야겠다."

태민이가 우리 집 자주 오면 -_- 우리 집 쌀 일주일도 안 돼서 다

없어지고 말 거야! 말려야 해!! −0−

"준희야, 들어가서 좀 쉬어. 우리가 치울게."

이런, 너무 자상한 거 아니니? 민지훈. T_T 지훈이는 팔까지 걷어붙이며 설거지를 하려고 했다. 무거운 짐 옮기느라 힘들었을 텐데.

"아냐. 내가 치울게."

"들어가. 우리가 할 테니까. 지훈이랑 나 설거지 잘한다."

이제는 강준성 이놈까지 거든다. 어디서 이런 예쁜 짓은 배워 가지고. ^^*

"괜찮은데……."

"너희 다 피곤해 보인다. 들어가라."

"그래~ 고마워. *^^*"

우리 셋은 내 방으로 들어왔다. 민이는 여전히 뭔가가 심각해 보인다. 왜 그럴까.

"우리 셋이 같이 샤워하자~"

"엉?!"

"아이~! 재밌잖아~"

"하하~ 그럴까?"

"빨리빨리!! 민이야!!"

"……."

"한민이!!"

"응??"

"이게… 너 무슨 생각 해??"

볼이 빨개지는 민이. 역시 민이 뭔가가 수상하다. 왜 그러지?? 얼 빠져 있는 민이를 끌고 샤워실로 들어왔다. 뜨거운 물을 틀자 금방 서리가 낀다.

"야, 너희 다 몸매 좋다. ^-^"

"뭐야~ 박준희, 네가 젤 좋으면서!!"

"됐네. 신지영! 너도 장난 아니야."

"어머? 그러니? 내가 좀 해~ ^O^"

"그래, 너 좀 한다!! 민이야! 너 솔직히 말해 봐!!"

분명히 뭔가가 있어. -_-a 나의 직감상 분명히 뭔가가 있단 말이지.

"뭐……? /-//-/"

"요즘 무슨 고민 있지?"

"앗!! 준희!! 안 그래도 내가 물어볼 생각이었어!! 한민이, 우릴 속이려 마!!"

"아니야, 그런 것……."

"얼른!!"

지영이의 살짝 째려보는 눈초리에 민이는 무언가를 말하려고 하는 것 같았지만 여전히 어떻게 말해야 할지 고민하는 것 같다. 정말 고민이 생기긴 생겼구나. T_T

"민이야, 뭔데? 말해 봐. 나랑 지영이가 최선을 다해서 도울게."

"그러니까… 그게 말이지……."

"그래! 옳지~ 잘한다! 그게 말이지 뭐?"

"나……."

"나 뭐??"

"사실은… 좋… 아……."

"좋아하는 사람 생겼다고?!"

"아우! 지영아, 놀랐잖아."

"하하. 나도 너무 놀라서 그랬어. 민이야, 좋아하는 사람이 생겼다구?"

"으… 응. /-//-/"

"누군데?"

우리 둘은 오로지 민이에게 시선 집중이었다. 심각한 눈으로 민이를 쳐다보고 있었다.

"그런데… 나 혼자 좋아하는 거야. 걘… 나한테 관심없어."

"그러니까 누군데?"

"준희야… 미안."

갑자기 내 두 손을 잡고 사과를 하는 민이. 도대체 왜 나한테 미안하다는 걸까. -_-a

이, 이상… 앗! 앗! 앗! 혹시!! -0-

"혹시!! 박준영?!"

"어머! 어머!! 어머! 그런 거였어?"

"아웅… 난 몰라."

"세상에나… 어쩜 그런 놈을… 안 돼. 민이야, 네가 아까워. 그게 얼마나 건방진데……."

"아니야! 나한텐… 정말 너무 멋있게 보여. 한 살 어린데도 너무나 어른스럽고… 터프하구…….”

"뭐? 그건 터프가 아니라 건방이야! 거만이구! 절대!”

"준희아, 참아! 너무 흥분했잖아. 하하.”

나는 도대체 흥분을 멈출 수가 없었다. 내 친구 민이가 요즘 따라 그토록 고민하던 게 모두 그 건방진 박.준.영 때문이었다니 믿을 수가 없었다. 민이가… 아까워서 죽을 것만 같다. −_− 아직 박준영을 파악하려면… 아니지, 파악하고 나면 분명히 싫어질 거야. 암, 그렇고말고!

"절대로 티 내면 안 돼!! 알겠지? 나 그런 거 싫어. 난 그냥 이렇게 보고만 있어도 좋아.”

"그건 바보 같잖아. 말해 봐!”

"아니야.”

지영이는 답답한지 자기 가슴을 툭툭 쳤다.

"준희야, 준영이 여자한테 관심없지? 솔직히 말해 줘.”

"그게… 그게 말이지.”

솔직히 박준영은 여자한테 관심이 없다. 여자와 사귄다 해도 일주일 넘기는 걸 못 봤다. 사귀어도 전화기 꺼놓고 살기는 일상생활이고 연락 안 하는 건 취미다. 하지만… 이렇게 말하기가 너무나 착한 민이한테는 너무나 미안했다.

"없지는 않고… 아직 마음에 드는 사람을 못 만난 것 같아. 하하… 나도 잘 몰라. 그놈은 알 수 없어서… 하하. ^^;;”

웃음으로 때워보지만 민이의 눈에는 또다시 근심이 보인다. 민이가 왠지 많이 힘들어질것 같다는 생각이 드는 건 무슨 이유일까. 박준영 저놈 때문에… 많이 울 날이 생길 것 같은 예감은 또 뭐냐고요. 큰일이다.

15

샤워를 마치고 나왔다. 정말 개운하다. 하하!!

"어떻게 할 거야?"

주방에서 웬일인지 촐싹이의 목소리가 너무나도 차분하게 들려온다. 너무 안 어울리는 것 아니야? -_- 우리 셋은 방으로 들어가다 심상치 않은 분위기를 느끼고 주방 쪽으로 살금살금 기어가 엿들었다. 제발 들키지 않기를.

"야, 어떻게 할 거냐고. 왜 아무 말도 안 하냐? 가만히 있을 거야? 유한 공고 새끼들이 그 지랄을 떨고 있는데 우리는 병신같이 가만히 있을 거냐고!"

유한? 유한이라면 그때 지영이가 말한 그… 대림 공고와 사이가 무척 안 좋다는 학교? 이런. ——;; 우리는 서로 눈치를 봐가며 눈으로 얘기했다.

"3학년들이 가만히 있잖아."

촐싹의 물음에 태민이가 어쩔 수 없다는 듯 말한다. 태민이의 말에 격분하는 촐싹이.

"씨발. 그렇다고 가만히 있을 거야?! 3학년은 3학년이고 우린 우리야! 선배고 나발이고 다 필요없다고!"

"나라고 그 새끼들 밟고 싶지 않겠냐? 나도 몸이 간지러워서 죽을 맛이야. 임마! 그런데 우리가 함부로 치면 준성이가 제일 난감해진다고. 그걸 생각해야지."

"아! 젠장할! 박민수 그 새끼 엄청 촐싹대고 다니는데."

촐싹? -_- 너 말고 또 촐싹대는 사람이 또 있다는 거니? -_- 믿을 수가 없구나.

"소문으로 듣자면 박민수가 떠들고 다닌다며?"

느닷없이 그들의 대화에 침범하는 준영이.

"뭐라고 떠들어?"

"흠. 강준성… 한주먹감이라고."

쾅!

저런. 운균아, 우리 식탁 좀 좋은 건데… *-_-* 너 손 아플 거야, 아마.

"진짜야?!"

"누가 그래?!"

"1학년들 사이에선 이미 다 알려졌어. 이참에 선전포고를 하자고! 대림 건들지 말라고 애초에 못을 박아놓는 게 좋을 것 같은데?"

저것들 꽤 심각하게 말한다. 지들이 무슨 깡패 집단인 줄 아나. 박민수라는 놈이 떠들고 다니든 말든 상관 안 하면 그만인 것을. 강준성은 아까 전부터 아무런 말도 안 한다. 무슨 생각을 하고 있을까.

그렇게 몇 분의 정막이 흘렀다. 서로 아무런 말도 못하고 그저 눈치만 보는 모양이다.

"…건들지 말자."

한참을 생각한 준성이 놈의 말.

"대장! 왜왜?!"

"민수 새끼가 그렇게 떠들고 다닌다는 것 어디까지나 소문 아니냐. 난 민수 새끼가 직접 말하는 걸 들었을 때 그때 가만히 있지 않을 거다. 그때까지만 두고 보자."

"그래, 준성이 말이 맞아. 괜히 섣불리 판단해서 싸웠다간 작은 싸움이 더 커질 수 있잖아. 운균이나 준영이 마음은 충분히 이해가 가는데… 나도 솔직히 화나. 준성이를 그렇게 말하고 다닌 게 분명하다면 말야. 준성이를 얕보는 건 우리 학교를 얕보는 거나 다름없으니깐. 그런데… 조금만 더 두고 보자."

지훈이의 말에 모두들 동조한다는 듯 고개를 끄덕였다.

"알았어."

"준영아, 알겠냐?"

"응……."

저것들 안에선 강준성의 자리가 너무나도 커 보이는 것 같았다. 운균이나 태민이는 생각보다 주먹이 먼저 나가는 스타일 같고, 준영이 저놈은 지 판단이 옳다고 생각하면 무조건 밀고 나가는 스타일이다. 지훈이는 해결사 노릇을 하는 것처럼 보인다. 없어선 안 될 존재겠지. 그리고 마지막으로 강.준.성. 조용히 아무것도 안 하는 것 같으면서도 어느새 보면 모든 일을 처리하고 다 끝낸 상태… 그런 스타일이 아닐까 하는 생각을 해본다. ㅡㅡ 어떻게 보면 이짱이라는 타이틀이 강준성 저놈에겐 무척 어울릴지도. 앗! 박준희, 너 왜 이래!! 강준성 칭찬을 왜 하는 거야!! 정신 차리자! ㅡ0ㅡ

우리는 조금 찜찜한 마음으로 방으로 들어왔다. 유한 공고랑 싸울 것 같은 그런 마음 때문일까. 괜히 이상하다.

"준영이 싸우면 어떡하지? 유한 애들 중에서 몇 명이 남문파랑 직속 연결이어서 건들면 큰일 난다고 하던데……."

"그러게. 나도 그 소문 들었어. 야, 괜히 무섭다."

"싸우면 안 되지. 싸우면… 안… 돼."

순간 스치는 얼굴은 강준성.

강준성. 내가 널 싫어하게 만드는 일은 만들지 마. 알겠어? 여기서 널 싫어하게 만들지 말라고. 싸우지 마. 모르겠다. 왜 그렇게 싫은 지…….

16

나는 그날 이후로 강준성의 행동에 무척 민감한 상태였다.

오늘 아침도 춤 연습 때문에 일찍 버스를 타고 학교로 왔다. 역시 이른 시간이다 보니 올라가는 이 언덕길에 인간들이 없다. 정말 하나도 없다. 그런데 우리 학교 교문에 어떤 한 놈이 서 있었다. 교복으로 보아선 대림 공고 놈 같은데 자는 건지 뭐 하는 건지 교복 재킷으로 얼굴 반은 가리고 벽에 기대어 짝다리를 하고 서 있었다.

뭐야. 이럴 땐 그냥 조용히 지나가는 것이 상책이다. -_-

"야!"

헉… 뭐야. 나 부르는 거야? 조심스럽게 뒤를 돌아봤다. 그랬더니… 어라, 저놈이 미쳤나.

"강준성, 너 뭐야?"

저놈이 아침부터 밥을 잘못 먹은 건가. 왜 저기 서 있지?

"뭐 하길래 이렇게 이른 시간에 등교하냐?"

"아침 일찍 할 게 있어서 그랬다."

"언제까지 해야 되는 건데?"

"이제 한 5일 남았지."

"그래? 저번주 너희 집 갔던 날 후로 그동안 한 번도 못 만났잖냐. 그래서 보러 왔다."

그러더니 갑자기 내 앞으로 다가와선 내 어깨를 두 손으로 움켜잡더니 얼굴을 뚫어져라 쳐다본다. 헉! 뭐야. 혹시… 키… 스… 하려는 건… 아니겠지?? =_= 민망하게… 얼굴이 뜨거워짐을 느꼈다.

"야야!! 너 왜 그래? 돌았냐!"

"얼굴 봤으니깐 됐다. 공부 열심히 해라."

참나, 정말 할 일 없는 놈 같다. 빨갛게 충혈된 눈이 무척이나 졸려 보이고 잠도 덜 깬 상태 같은데 잠이나 더 잘 것이지 이른 아침부터

10분도 안 되는 시간 동안 날 보려고 기다리고 있었다니 대단한 놈. 저놈이 정말 진심으로 날 좋아하긴 좋아하나? 정말일까? 휴~ 모르 겠다. -O- 아, 맞다!

"강준성!!"

멀리 걸어가고 있는 강준성을 불렀다.

"왜?"

"너!! 괜히 박준영 껴서 싸움질하고 다니면 나한테 죽는다!!"

저놈이 웃기만 한다.

"웃지 말고 대답해!"

"……."

"야!!"

"걱정 마. 난 박준희 실망시키는 일 절대 안 하니까. 그럼 바이~"

그래, 하지 마. 싸움질 같은 것 하지 마. 민이가 그러는데 유한 공 고 애들 남문파랑 연결되어 있단다. 야, 무섭잖아. TOT 넌 그냥 학 교 이짱이고 남문파는 전문 깡패란다. 요놈아. -_-;;

이제 내일이면 드디어 그렇게도 죽도록 연습했던 것을 보여주는 날이다. 으흐흐. 우리는 간단한 리허설을 준비했다.

삐익―

"준희야, 네 폰에서 나는 소리야."

"그래?"

박준영에게 온 문자 메시지였다.

[나 오늘 조금 늦게 들어간다. 아버지한테 잘 말해 놔. 그리고 자지 말고 기다려. 전화할 테니깐 문 열어줘.]

늦게 들어온다고? 혹시… 혹시 이것들 싸움질하러 가는 건 아니겠지? 에이! 설마… 강준성, 내가 분명히 너한테 말했다. 싸움질하면 죽는다고! 분명히 말했어.

"준희야, 빨리 와! 우리 차례야!"

긴장된다. 며칠 동안 죽어라 연습했던 춤을 내일 선보이기 위해 리허설을 하는 거라 그런지 여느 때와는 다르게 떨린다. 모르겠다. 음악이 시작되고 지영, 민이의 춤이 시작되었다. 나도 따라 췄다. 이상하게 공연장 준비하던 애들도, 자신들의 리허설 차례를 기다리고 애들도 모두 우리를 쳐다본다.

애들의 표정이 다양하다. 정말 기분이 좋다. 최고다! ^0^

"와~! 장난 아니다!"

드디어 우리의 리허설이 끝났다. 춤을 어떻게 췄는지도 모르겠다.

"오늘 우리 너무 잘 맞았어. 그치? 히히."

박자가 약간씩 맞춰지지 않았던 어제와는 달리 오늘은 너무도 잘 맞춰지자 지영이가 무척이나 좋아했다.

"지영 선배님, 요번에도 너무 멋있었어요! ^^ 그런데 처음 보는 긴 머리 선배님은 누구세요?"

"준희? 우리 반 친구야. ^^ 춤 잘 추지?"

"네! 장난 아니에요! 지금 남자애들이 저 사람 누구냐고 흥분하고 난리라니까요~!"

"하하. 그럼 그렇지~! 내일은 옷까지 맞춰서 입고 할 거니깐 더 볼 만할 거야~"

"그럴 것 같아요. ^^ 꽃 사들고 지켜보고 있을 게요. ^^*"

"그러럼~! 꽃이 없을 시엔 너는 죽음이다! ^-^"

"네~ 준희 선배님, 민이 선배님, 열심히 하세요. 파이팅!"

후훗~ 나도 박준영을 시켜서 꽃다발이라도 들고 오게 해야겠군. 그런데 그놈들이 과연 이벤트 행사를 볼지 그것이 의문이네. 안 오면 내 꽃은 어쩌지. -_-a

"애들아, 가자~"

들뜬 기분으로 언덕길을 내려왔다. 문구점 앞엔 박나리와 윤강연 그것들이 있었다. 윤강연은 역시 나를 째려본다.

"박준희! 너희 요즘 뭐 한다며?"

"뭐?"

"이벤트 행사 한다며?"

"그래서?"

"아, 그냥~ 꼴값한다는 거지 뭐. 그렇게 한다고 해서 인기없는 것들이 하루아침에 많아진다니?"

"쯧쯧. 항상 볼 때마다 느끼는 거지만 윤강연 너 상당히 유치하다. 너무 유치해서 못 봐주겠어."

"그래, 나 유치해. 몰랐니? 나는 유치하기도 하지만 너무 솔직해서 하는 말인데 너희들 요즘 설치고 다니는 것 보면 역겨워서 죽을 것 같아."

"그래? 겨우 이걸로? 야, 지영이랑 민이 생각도 좀 해줘야지? 너 여신 돼서 일 년 동안 꼴값하고 다니는 모습 보며 산 기분들 배려해주는 셈치고 좀 참아."

"뭐?!"

"왜? 나도 너무 솔직해서 탈이지? 우린 둘 다 너무 솔직해서 탈이구나. 그치? 우린 바빠서 이만 갈게."

윤강연 저건 볼수록 재수없다는 걸 실감한다. 왜 저렇게 매사에 시비조인지 모르겠다. 정말 짜증난다. 말하기도 싫건만 왜 매일 말을 붙이는 건지.

집으로 왔다. 역시 아무도 없다. 엄마나 아빠는 좀 있다 들어오실 테구. 박준영 이건 도대체 몇 시에 올려나. 아, 졸립다. 후~

"야."

"……."

"야!!"

"응? 아음. =_= 너 뭐냐? 늦게 온다며?"

"일찍 왔다. 벌써 자냐?"

"몰라. 나 잤나 봐."

"씨발. 짜증나."

"왜?"

"그냥… 준성이 형 너무 바보 같아서 열받는다!"

"왜??"

"오늘 술 마셨는데 짜증나게 옆 테이블에 박민수 새끼가 있는 거야. 옆에 있다는 사실조차도 싫은데 그놈이 준성이 형을 자꾸 갈구는 거야. 정말 화가 나서 한 대 패려고 일어났더니 준성이 형이 싸우지 말래. 성질나서 죽는 줄 알았다. 형은 왜 그러냐! 갈구는 것 볼 시엔 가만두지 않겠다더니 내버려 두라는 건 뭐냐고!!"

"정말이야? 강준성이 싸우지 말래든?"

"그래!"

"우와~"

"뭐가 우와냐? 병신."

"아니… 그냥… 신기해서."

"뭐가?"

"아냐, 아무것도."

헤~ 그놈이 정말 내 말을 들은 걸까? 싸우지 말라고 했던 내 마음을 들은 걸까.

그놈 성질에 어떻게 참았을까. 지 잘난 맛에 사는 놈인데 갈구는 놈을 때리지도 않고 내버려 두라고 했다니. 강준성, 너 혹시 내 말 들은 거야? 그런 거야? 음. 좋아, 믿어주지. 네 마음 진심이란 것 믿어주마. 후훗~

"야, 준영아."

"왜?"

"넌 좋아하는 사람 없냐?"

"젠장. 너는 이제껏 날 뭘로 보고 같이 살았냐?"

"아니, 뭐 생길 때도 되지 않았냐는 거지."

"그런 것 안 키운다."

"그래도 괜찮다 싶은 애 없어? 착하고 순하고 뭐 그런 애 있잖아."

"별로. 근데 그런 걸 왜 묻냐?"

"아니, 그냥… 뭐… 그렇다는 거지."

"근데 왜 말을 더듬고 지랄이야?"

"하하. ^^;;"

갑자기 덥다. 괜한 걸 물었나 보다. 내 딴에는 민이를 위해 물어본
건데. 하하.준영이는 또라이 보는 눈빛으로 나를 쳐다본다. 매우 창
피하군. —,.—

17

곤히 잘 자고 있었는데 아침부터 지영이의 빨리 오라는 전화에 부
랴부랴 머리 손질에 오늘 입을 의상 챙기느라 정신없다. 드디어 결전
의 날이 온 것이란 말인가. 하하. ˙0˙

등교 시간은 10시인데 우리는 두 시간이나 일찍인 8시까지 만나기
로 했다.

"엄마, 나 갔다 올게!"

"준영이는 먼저 갔다."

"엥?? 박준영이? ㅡ,.ㅡ"

"일찍 나가던데??"

신기한 일이다. 분명 10시까지라면 9시 50분이 되어야 집을 나설 인간인데 뭔 바람이 불어 벌써부터 나갔을까. ㅡ_ㅡa 그나저나 지영이가 기다리겠군. 난 그저 학교나 빨리 가야겠… 헉!

"야! 넌 뭐 하는데 꼼지락거리냐? 일어난 건 나보다 더 일찍 일어난 게!!"

도대체 뭐가 어찌 된 일인지 모르겠다. 아침부터 이놈들 낯짝이 왜 내 얼굴 앞에 있는 건지. =_=;; 날 향해 두 손을 재수없게 휘날리는 촐싹이와 환하게 웃고 있는 태민이, 지훈이, 그리고 많이 졸린 듯 쪼그리고 앉아서 졸고 있는… 강… 준… 성, 그리고 오만상을 다 찡그리고 있는 미친… 나의 동생. ㅡ_ㅡ^

"너희 뭐야?"

"뭐긴 뭐야~ 우리 대장이 너 보러 가자고 해서 왔지. >_<"

촐싹이. 저건 하여튼 또 난리다. 주접스러운 놈 같으니라고.

"강준성이 너희 대장이야? 쯧쯧."

미친 촐싹이가 저러고 말하니깐 흰옷 입혀서 용인으로 보내면 딱 일 것 같다. 어쩜 저렇게도 흰색과의 매치가 자연스러운지. ㅡ_ㅡ

"오늘 이벤트 행사라서 일찍 가는 거야."

"10시까진데 뭘 그렇게 일찍 가? 신기하다, 너희들. ㅡ_ㅡa"

"앞자리에 앉으려고. ^^ 이벤트 행사하는 거 재밌거든. 작년부터 우리는 이벤트 팬이었어~♡"

"뭐라고? -0-"

도무지 믿을 수 없는 지훈이의 말이었다. 앞자리라고?? 저것들이 촐싹이만 미친 줄 알았더니 단체로 미쳤구나. -_-;; 이벤트 같은 거 싫어할 줄 알았더만 저것들 뭐라냐. 짜증나네. 저것들이 앞자리에서 날 보며 비웃으면 강준성은 둘째 치고 저… 미친 촐싹과 천하의 저 건방 박준영은 어쩌라고!! 돌겠네!! >O<

"이벤트 행사가 그리도 좋아?"

"재밌어. 너도 한번 봐라. 재밌지. 학교 가자."

"준희 왔냐?"

열심히 졸던 강준성은 이제야 깨서 나에게 한마디 던진다. 저놈의 눈은 또 빨개져 있다. 밤새 뭘 하고 다니길래 저 눈은 매일 충혈되어 있냐. 쯧쯧. -_-

학교에 거의 도착했을 즈음 박준영이 나에게 물었다.

"야!! 박준희!!"

"왜?"

"너 솔직히 말해 봐."

"뭘?"

"너 오늘 이벤트 행사에 참여하지?"

뜨끔. 예사롭지 않은 박준영의 저 예리한 눈. 재수없다. -_-^

"참여하긴 뭘 하냐?"

"병신. 숨길 걸 숨겨라. 좀 있으면 다 들통날 텐데. 쯧쯧. 윤균이 형, 쟤 참여하나 봐. 앞에서 비웃어주는 거나 해야겠다."

저… 저런 망할 놈의 인간!! ㅡ_ㅡ 하여튼 인생에 도움이 되는 말을 하는 적이 없지요. 나중에 엄마와 함께 진실한 대화를 해봐야겠다. 박준영을 주워 왔는지, 아니면 나를 주워 왔는지. ㅡ_ㅡ^

"준희야, 이왕 할 거면 섹시하게 해~ 섹시하게 하면 내가 뒤돌아서 엉덩이 춤추고 있을게. 그리고~ 앞에서 손 흔들어줄게. 진심이야. >_<"

진심으로 이 인간 또한 내 인생에 도움이 안 되는 족속이다. ㅡ_ㅡ; 이운균의 머리에는 도대체 뭐가 들어 있단 말인가. 저 인간의 머리에는 오로지 주접! 그 한 단어뿐이란 말인가.

"네 손 필요없어."

"그럼 내 손은?"

"훗~ ^^"

태민이 말에 웃음이 나왔다. 덩치는 커다란 게 저런 말 하니깐 웃긴다. ^^;;

"이운균!! 역시 넌 나와 쨉이 안 돼! 준희 네 말엔 무표정이더니 내 말엔 웃잖냐~ 이게 너와 나의 차이점이다! 푸하하―"

아침부터 저것들 쇼하는 거 보고 있으려니 머리가 다 지끈거린다. 준성이 놈은 아무런 말도 없이 혼자 앞서서 잘도 걸어간다. 나 보러 왔다면서… 쳇.

"너희들 이만 가. 나 지영이랑 민이한테 가야 돼."

"그래. 좀 이따 봐. ^^ 나는 울 앤 찾아서 강당으로 가야겠다."

"준희~! 사랑해. >O< 우리 대장 다음으로 사랑해 줄게."

가끔 보면 정신없는 인간이지만 또 저렇게 하트를 연발 쏘아댈 땐 꽤 귀엽단 말이야. -_- 이, 이럼 안 되지. 촐싹이를 예쁘게 봐주면 안 돼! 앗! 하지만 웃음이 실실 나와!! ^^;; 안 돼! 웃지 마! 앗! 웃음이 왜 나오는 거야. 으허허~

"그렇게 웃지 좀 마라."

강준성이다. 조용하다 싶더니 또 시비…….

"운균이가 반하겠다."

강준성 또 나를 뚫어져라 쳐다본다. 민망. *-_-*

"훗~"

놈은 웃더니 내 앞으로 다가와 내 머리를 한 번… 두 번 쓰다듬는 다. 이놈이 내가 무슨 강아지인 줄 아나.

"이따가 뭘 선보일지는 모르겠지만 열심히 해라. 앞에서 지켜볼 게. 이왕 하는 거 최선을 다해서 멋있게 해라. 알겠냐? 들어간다."

그때 내 가슴속에선 뭔지 모르지만… 하여튼 뭔가가 꿈틀거린 것 만은 확실히 느꼈다. 그리고 두근거림 또한… 강준성… 나 열심히 하 마. 지켜봐…….

18

이벤트 행사는 축하쇼와 함께 시작되었다. 두 학교의 연극부가 각

각 나와 연극을 하고 난타도 했다. 생각보다 재밌었다. 나는 무대 뒤에서 열심히 지켜봤다.

역시… 무대 앞자리에는 강준성 패거리로 보이는 대림 공고 녀석들이 버티고 있었다. 준성이를 기준으로 오른쪽에는 건방 덩어리 준영이, 태민이, 나리, 날 싫어하는 윤강연. 준성이의 왼쪽으로는 촐싹이, 윤균이, 지훈이, 나머지 얼굴 모르는 험상궂게 생긴 놈들이 앉아 있었다. −_−;; 많기도 하여라. 강준성은 뭐가 저리도 좋은지 활짝 웃고 있다.

드디어 조금만 있으면 우리 차례. 긴장된다. 하이라이트를 장식하는 우리. 으… 떨려.

"준희야, 나 떨려. 어떡해. 준영이도 보고 있는데 어떡해. 왜 하필이면 정면으로 보이는 자리에 앉은 거라니."

"민이야, 긴장하지 말고 잘해. 그동안 우리가 연습한 것처럼 하면 돼. 예쁘고 멋있게 잘해서 준영이가 너한테 뿅 가게 만들면 되잖아. 파이팅! ^^"

떨고 있는 민이에게 지영이가 침착하게 말해 준다. 민이도 나처럼 떨리나 보다. 앗, 참!

"민이야."

"응?"

"누가 그러는데 이왕 할 거면 최선을 다해서 멋있게 하래. 떨지 말자."

"누가?"

"어떤 무례한 놈이. ^^;;"

"그래, 나 조금 나아졌어. ^^ 열심히 하자."

민이야, 너도 왠지 그 말에 기분이 나아지지 않니? 사실은 나도 그랬거든. 그래서 너한테 해준 거야. 아침부터 긴장하고 있었는데 강준성의 그 말에 싹 사라졌다면 너… 믿을래? 강준성은 지영이 말대로 정말이지 알 수 없는 놈이야.

드디어 모든 이벤트가 끝나고 우리의 하이라이트 공연만이 남았다. 사회자의 말이 들린다.

"오늘 이벤트 공연 재밌었나요?"

"네—!!"

"자! 이제 하이라이트만 남아 있는데 그게 뭔지 알아요? 하하! 아시는 분도 있겠지만 유림의 자랑 이벤트 단장팀의 무대지요? 작년에도 너무나 멋진 춤으로 우리를 홀딱 반하게 했었는데요. 올해도 무척이나 기대가 됩니다. 자, 불러볼까요?? 유림— 나오세요—!"

"가자!!"

지영이의 힘있는 말에 무대 앞으로 나오긴 나왔다. 어두워진 조명 아래 클론의 '너의 생일엔' 노래가 나오고 있었다.

음악에 맞춰 미리 준비된 폭죽이 터지고 TV에서 연예인들 공연할 때처럼 멋진 불꽃도 나오기 시작했다. 자!! 이제 시작이다!!

타이트한 검은색과 실버 색깔로 구성된 옷을 입고 정말 열심히 최대한 멋있게! 최대한 힘있게! 춤을 췄다. 순간 저 앞에서 나를 보고 있는 강준성의 얼굴만 보일 뿐 아무것도 보이질 않는다. 왜일까… 저놈의 얼굴을 보고 있자니 너무나도 편안해진다. 난 미소를 지었다. 그것도 아주 활짝 미소를 지었다. 고마워, 강준성. ＊^^＊

드디어 우리가 죽도록 연습한 'Money'가 나온다.

훗~ 촐싹이는 역시 귀엽다. 종이 하나를 어디서 구한 건지 거기에 내 이름을 써서 플래카드마냥 흔들어대고 있다. 귀여운 놈. >_<

"와아아아아─!!"

끝났다. 휴… 우리의 공연이 너무나도 멋지게 끝났다. 우리는 인사를 하고 아이들의 떠나 갈 듯한 커다란 함성과 박수를 받으며 무대를 내려왔다. 울컥거린다. 괜히 눈물이 나오려고 한다.

"준희야, 울어?"

"아니, 안 울어. 내가 왜 울어?"

"잘했어. 작년보다도 더 멋있었어. 축하주 한잔해야지?"

"그럼!! 당연하지!!"

"하하!! 민아야, 이리 와!"

그렇게 우리는 한참 동안 서 있었다. 정말 즐겁고 잊을 수 없는 시간이었다. 후~

"나가자. 히히. ^0^"

교복으로 갈아입고 강당 밖으로 나가고 있을 때였다. 대림 공고 교복을 입은 남자애들이… 그것도 아주아주 험상궂게 생긴 애들이 저마다 장미 한 송이씩을 들고 걸어오고 있었다. 그리곤……

19

나한테 주네? 이게 뭐래? +_+

"뭐예요?"

하지만 내 말은 무시한 채 그냥 웃기만 하고 간다. ——;;

"이거 뭐예요??"

민이와 지영이도 조금 당황해 갸우뚱대고 있었다. 꽃을 주는 건 좋다만 무슨 말이라도 해줘야지. 장미꽃은 내 품에 점점 쌓여 이젠 가득 차 있었다. -_-+++ 그리곤 마지막인 것 같은 한 남학생이 다가왔다.

"우리 대장이 주래요."

"대장?? 대장이라면 혹시… 강준성이요?"

"^-^ 오늘 너무 멋있었어요! 이건 대장이 주는 카드예요! 읽어보세요. 그럼~"

"잠깐만요!! 대장이 뭐예요? 그냥 형이라고 하면 되잖아요."

유치한 것들. -_-

"대장은 우리가 대장이라고 하는지 몰라요. 우리 사이에선 준성이 형은 대장이에요. 대장은 말예요, 의리 빼면 시체예요! 나는 우리 대장이 진짜 좋아요. 형수님, 바이~"

바이… 준성이도 바이라고 하더니만 별걸 다 따라하네. -_-^

기분이 좋다. ^^* 준성이가 줬다는 카드를 펼쳐 보았다. 홋~ 급

하게 쓴 티가 난다. 글씨가 삐뚤삐뚤 난리가 났다. 짧은 글.

멋있었다. 오늘 얼굴 못 보고 그냥 간다. 약속이 있어서. 장미꽃 잘 간
직해라. 그리고 난 진심이다.

강준성. 있잖아, 나 너한테 조금씩 흔들리고 있다면 너 그거 믿을
래? 진심이야. 나… 지금 왜 이렇게 네 얼굴이 떠오르는 거지? 네가
처음으로 보고 싶어. 너 이렇게 내 마음 흔들어놔도 되는 거냐, 이놈
아!!
이벤트 행사가 끝나고 지영이와 민이와 가까운 호프집에서 축하주
를 마셨다. 기분 좋게 마시니깐 술맛이 더 좋은 것 같다. 후후~
간단히 마신 후 나는 집으로 돌아왔다.
"왔냐?"
"응. 너 일찍 왔네?"
"그럼 일찍 오지 뭐 하냐?"
"오늘 약속 있는 것 아니었어?"
"약속은 무슨."
"그래? 그럼 강준성 혼자만 약속 있는 건가?"
"아, 그 약속?"
"뭔데??"
"없어. 장미꽃 주는 것 쑥스럽다고 도망갔어. 웃기지?"
"엥? 진짜? 그놈이??"

나는 준영이의 다음 말에 너무나도 당황해 쓰러지는 줄 알았다. 그리고 강준성이 너무나도 귀엽게 느껴지기 시작했다.

"와~ 우리 준희 정말 장난 아니다."

"멋있다. 그치?? 준희 저거 하려고 매일 아침 일찍 가고 그랬던 건가 봐. 준성아, 사랑하는 너의 달링이 저렇게 열심히 공연을 준비했는데 꽃 정도는 줘야 하는 것 아니냐? >_< 아니지, 줘야지? 줘야 되는 거야! >_< 그래야 준희가 살살 녹는단 말야."

하여튼 촐싹이. -_-; 준영이의 말로는 갑자기 준성이가 그 말에 심각해졌단다. 그 큰 눈이 어쩜 그리도 커지는지 보고 있는 자신도 놀랐다고. 옆에서 듣고 있던 태민이와 지훈이도 운균이의 말에 덩달아 동의를 하자 끝내는 준성이가 고개를 끄덕였다고 한다.

"그래! 줘야지?? 빨리 가서 꽃 사오자!!"

흥분한 태민이의 팔을 붙잡고는 강준성이 했던 말은…

"내가 주는 거냐?"

"하하~ 그럼 네가 주는 거지, 내가 주랴?"

"야! 남자가 어떻게 그 딴 꽃을 들고 가서 줘!! 말이 돼?"

"하하하하! 진짜 웃긴다! 꽃 주는 게 뭐가 쑥스러워서 그래."

"나 여자한테 꽃 준 적 한 번도 없단 말이다."

준성이는 그 말을 하며 무척 쪽팔려 했다고 한다. 그 모습이 귀여워서 준영이는 깔깔대고 몰래 웃었다고. 후후~

"그럼… 어떻게 주지? 그냥 꽃 한 다발 사서 줘? 그건 너무 평범하잖아? 뭐 특이한 거 없을까?"

그때 광분하는 이운균. ㅡ_ㅡ;

"있어!! 있어!!"

"뭔데?"

"장미꽃 50송이를 한 사람당 한 송이씩 들고 가서 주는 거야. 그리곤 멋쟁이 내 자기님이 가서 마지막 한 송이를 주는 거지."

"미친놈! 내가 왜 네 자기야!"

"아잉~ 알면서. >_< 어때? 어때? 이 깜짝 이벤트에 감동 안 할 여자가 어디 있겠어? 엉? 준희도 센 척하지만 남자인 자기가 그러면 뭉개구름만큼 감동할 거야! 으하하~ 어때? 죽이지 않아요? ㅡ0ㅡ"

"얼~ 이운균~ 이야~ 괜찮네. ^^ 괜찮지, 준성아?"

"괜찮네. 근데… 내가 꼭 마지막에 갖다 줘야 하나? 너무 쑥스럽잖아. 그리고 그렇게 주면 준희는 분명 느끼하다고 할 텐데. 내가 마지막에 가서 한 송이 꽃을 줘봐라. 가뜩이나 매일 나보고 느끼하다고 하는데 준희가 그 앞에서 나보고 느끼하다고 하면! 나 완전히 새 되는 거야. 안 돼. 안 돼. 음… 안 돼."

"미치겠네. 미치도록 터프한 터프가이 대장이… 아, 땀나. 그러면 어쩔 거야?"

"잠깐만. 생각 좀 해보자."

그리곤 준성이는 아무 말 없이 곰곰이 혼자서 생각하더니 좋은 생각이라도 났는지 환하게 웃으며 말했단다.

"운균이가 말한 그대로 하고 대신 마지막은 철우한테 보내야겠다."

"철우는 왜!!"

"1학년 중에 믿을 만한 녀석이 철우밖에 없어. 철우한테 부탁해야겠다. 카드 하나 써서 같이 주라고 할 거다. 빨리 꽃 사러 가자!!"

그러더니 혼자 들떠서 밖으로 뛰쳐나갔다고 한다. 학교 앞 꽃집에서 장미꽃 50송이를 사서는 카드 하나를 사서 쓰기 시작했다고 하는데… 카드 사연도 무척 웃기다. ^^;;

"대장! 멋있는 말 좀 해봐. 사랑하는 준희야, 너의 모습은 한 송이의 꽃 같았단다. 뭐 이런 거 있잖아!! '멋있었다' 가 뭐야?"

"이 미친 이운균! 한 송이의 꽃이 뭐야? 너 미쳤어?"

"대장이 미쳤지 내가 왜 미쳤어. >_< 완전히 센 척하고 다니더니 순 맹물이시네요. 대장, 대장이 무슨 약속이 있어?"

"쑥스러워서 얼굴 못 봐. 철우한테 시키고 집에 갈 거다. 너희들 절대 비밀이다! 준희한테 말하면 다 죽어. -_-+"

"하하하~ 아, 배 아파. 준영아, 나 좀 살려줘."

"준성이 형이 의외로 저러네. 이해 안 가."

그리고는 철우란 후배한테 전화를 해서 무조건 50명 데리고 교문 앞으로 내려오라고 시켰단다. 준성이의 말에 놀란 철우가 10분 후 자기네 반 애들을 데리고 오자 한 명씩 장미꽃을 줘서는 강당 앞에 서서 기다리고 있다가 내가 나오면 전달하라는 엄명을 내렸다고 한다. ^^;;

"형도 가셔야죠?"

"나? 난 집에 가야지. 수고해라. 바이~"

그러곤 아주 태연한 척 ^^;; 유유히 그 앞을 지나쳐 집으로 갔다고.

　"하하~ 어떡해~ 배 아파!! 으!"
　"웃기지? 나도 쓰러지는 줄 알았다. 준성이 형 진짜 귀여웠다. 형 애간장 그만 태우고 사귀어봐라. 그런 사람이 어디 있냐? 너는 감지덕지야."
　"재밌다."
　그 누가 믿을 것인가. 이짱이라고 불리는 강준성이 여자한테 꽃을 주는 것이 쑥스러워 몰래 도망쳤다고 하면… 그것도 약속이 있다는 어설픈 핑계를 대고 말이다. 진짜 귀여운 놈. 흐흐. ^^;;

20

　강준성의 대한 내 마음이 점점 흔들리고 있다는 사실을 나도 조금씩 인정해 가고 있었다.
　오랜만에 준영이와 함께 등교하고 있었다. 버스를 타면 준성이 놈이 내 자리를 마련하고 기다리고 있겠지. 하하. ^^
　"야, 근데 너 어제 좀 하더라."
　어라… 박준영 이게 웬일로 칭찬이지? 어쭈.
　"하하. 그랬냐? 땡큐다!"

"어젠 내가 너 땜에 기가 좀 살더라. 늘 그렇게만 해라."

"응. 알았어. ^0^"

"재수없는 표정은 버리고!"

"쳇! ㅡ_ㅡ"

"준성이 형은 너 진짜로 좋아한다. 알지? 괜히 쇼하지 말고 그저 얌전히 형이 하자는 대로 해."

"우쒸. 야, 근데 나 말고 민이도 잘했지? 민이 예쁘지 않냐?? 착하고 얼마나 순진하다고~"

"그런데 어쩌라고?"

"아니, 뭐 괜찮았냐는 거지."

"그래, 어제 다 잘하더만."

"그치? 그치? 그렇다니깐!! 민이가 원래……."

"말이 많다. 버스 온다."

박준영 저 인간을 보면 생각나는 노래가 있다. '넌 겁없던 녀석이었어!' 바로 이 노래지. 흠.

"오랜만에 돈이나 내라."

"내가 왜 그 말 안 하나 했지. ㅡ_ㅡ"

그냥 기분겸… 오래간만이고 해서 돈을 냈다. 역시 뒷자리에는 준성이 놈이 내 자리를 비워둔 채 기다리고 있었다. 흠. 괜히 신경 쓰이네. 나머지 세 놈들도 나를 보더니 씽끗 웃는다. 촐싹이는 광분했다. ㅡ_ㅡ;;;

"준희~ 나의 싸랑 준희~ 어제 너무 멋있어서 나 뿅 갔어. ^^ 너무 좋아~!!"

"준희야, 너 진짜 춤 잘 추더라. ^^ 멋있어."

태민에게 살짝 웃어주긴 했지만 나는 이것들보다도 강준성 이것에게 무척이나 신경 쓰였다. 내가 왔는데도 아무 말도, 아무 표정도 없는 얼굴로 앞만 보고 있다. 이런 미친… 아니지. 저건 분명히 쑥스러워하는 것일 테야. 암, 그렇고말고.

학교에 거의 도착했을 즈음 갑자기 카드 내용이 생각나 강준성에게 물었다.

"어제 꽃 잘 받았어. 고마워. ^^ 그런데 무슨 약속이 있었냐?"

"흠."

"무슨 약속이 있었냐구."

자식. 고민 좀 될 거다. 키키. 재밌어라.

"좀… 오래된… 친구 녀석이랑 아주 중요한 약속이 있었어."

"아하, 그랬구나~ 친구 만나서 재밌게 잘 놀았어?"

"응, 잘 놀았지. 준희야, 다 왔다. 내려야지."

귀여운 놈. 뭐가 저리도 쑥스러운 걸까? 저놈 너무 귀여워서 한 대 때리고 싶을 정도다. 공부 열심히 하거라, 자식아. 누나는 간다~

"안녕하세요, 누나!! 멋있었습니다!!"

슬슬 아그들이 나의 존재를 알아가고 있었다. 복도를 지나갈 때도 얼굴도 모르는 애들이 인사하고 갈 때가 많다. 하하~ 꽤 좋구만! 하지만 나는 윤강연처럼 절대 목에 힘주고 다니지는 않으마!!

또 지루한 수업 시간이닷! 내가 제일 싫어하는 국어 시간!! 지루하다. 애고~ 졸려.

드르륵— 드르륵—

[뭐 하냐.]

강준성 넘의 문자.

[졸고 있다.]
[쿡. 너답다. 나는 지금 너 보고 있다.]

헉!! −0−

[무슨 소리야? 너 스토커냐?]
[네 사진이 있다. 준영이가 준 거… 예쁘다.]
[야! 당장 사진 내놔. 네가 무슨 스토커야?]
[어떠냐, 내 여자 사진 갖고 있는 게? 나쁜 거냐? 열심히 졸아라. 바이~]

참나, 이놈이 사소한 문자로 또 내 염장을 긁어놓고 있으니. 이런 씹… 내 여자라… 후훗~ 좀 좋게도 들리는 것 같구만. 하하. ^^;; 나는 드디어 미친 게요. −_−

졸리던 국어 시간이 끝나고 내가 좋아하는 국사 시간이다. 하하!!

"오늘은 야외 수업이다!"

"우와―!!"

"빨리 운동장으로 나가 벤치에 앉아 있어."

"네―!!"

역시 터프한 국사 선생님이셔. 하하!! 지영이와 민이와 신나서 운동장으로 나갔다. 운동장에서 열심히 뛰어다니는 남학생들과 우리들. 하하! 갑자기 꽃이 된 까닭에 우리 반 여자애들 아주 대흥분을 했다.

"엇, 준성이다! 준희야, 준성이네 반 체육 시간인가 봐~"

"그런가 보네?"

준성이네는 줄을 서더니 운동장을 돌기 시작한다. 강준성과 이운균은 맨 뒤에서 역시나 껄렁껄렁하게 뛰고 있다. 그러다 운균이 자식이 날 발견하곤 준성이를 콕콕 찌른다. 강준성이 나를 본다.

"자, 고려 시대엔 말이야······."

지금··· 국사 얘기가 내 귀에 들어올 턱이 없었다. 그저 강준성 뛰는 폼만 내 눈에 보인다. ㅡ_ㅡ;;

"박준희! 사랑해! 박준희! 사랑해! 박준희! 사랑해!"

나는··· 혹여나 내 귀가 잘못된 줄 알았다. 이게 도대체 뭔 놈의 귀신 씨나락 까먹는 소린지. 글쎄, 저 단체로 뛰는 강준성의 반 놈들이 하나둘 구호 대신 헛소리를 해대고 있었다. 맨 뒤에선 촐싹이가 아주 흥분에 도가니를 만들고 있었다.

저런 사이코. ㅡ_ㅡ;;

"야!! 더 크게 하자—!! 시— 이— 작—!!"

"박준희!! 사랑해!! 박준희!! 사랑해!! 박준희!! 사랑해!!"

"야! 우리 대장의 사랑이야— 니들 알지?"

나는 순간… 얼굴이 귀까지 빨개져 옴을 느꼈다. 이운균… 미쳤다. 아니, 아주 돌았다. 저거 빨리 옷 갈아입히곤 버스 태워서 병원으로 보내 버려!! −0−

"어머, 준희야!! 너 그때 이벤트 이후로 아주 난리났구나? 아이고, 우리 준희는 좋겠어."

선생님도 재밌으셨는지 뛰는 애들을 보며 연신 좋아하신다. 지영이와 민이는 부럽다는 듯 바라보지만. 아우~ 강준성 저놈은 말릴 생각도 안 하고 실실 웃으며 잘도 뛴다. 아니, 자기도 가끔씩 그 구호를 외친다. 저것도 미친 거야. ——;;

"젊은 게 참 좋은 거야. 젊을 때 저러지. 그나저나 저기서 준희를 누가 좋아하는 거니?"

"저기 맨 뒤에 있는 남자애요!"

어머, 지영아! 그걸 말해 버리면 어떡하니. 내가 쑥스럽잖아. ^^;;

"그중 키 작은 애 말고 무지 큰 애요. ^^"

"누구?? 어머, 강준성 말하는 거야?!"

"아세요??"

"그럼~ 강준성 모르는 선생님이 어디 있니?"

저런 망할. 얼마나 사고를 치고 다녔으면 선생님들이 저놈을 다 알아. −_−+ 에효.

"준희야, 잘해봐~ 준성이 쟤가 가끔씩 사고는 쳐도 괜찮은 애더라. 예전에 자기 후배 중에 한 명이 형편이 어려워서 등록금도 못 내고 있었는데 보기가 딱했는지 자기가 몰래 아르바이트해서 등록금 내주고 급식비도 줬다더라. 그러면서 지금은 자기가 내주지만 다음부터는 네가 일해서 해야 된다고, 세상은 혼자서 서야 하는 곳이라고 그랬다더라. 그 후배 애는 울면서 열심히 산다고 그랬단다. 정말 좋은 선배지? 그래서 준성이를 쟤네 학교 애들이 좋아한다고 하더라."

"선생님 진짜예요? 준성이가 진짜 그랬대요?"

"어머~ 우리 박사~ 신지영이 그런 것도 몰랐어? 선생님들 사이에선 이미 자자한 일이야."

세상에!! +_+ 강준성이 다시 보인다. 왜일까? 저놈은 왜 그런 놈일까?

어제 마지막 꽃과 카드를 주고 간 남학생의 말이 생각났다.

"대장은 우리가 대장이라고 하는지 몰라요. 우리 사이에선 준성이 형은 대장이에요. 대장은 말예요, 의리 빼면 시체예요! 나는 우리 대장이 진짜 좋아요."

알겠다. 강준성을 왜 대장이라 부르는지… 왜 그렇게 그놈들이 강준성을 따르고 좋아하는지 알 수 있을 것만 같다.

저놈이 내 마음을… 더욱 흔들어 놓.았.다.

준성아, 한 가지만 묻자. 내 시린 지나간 추억 모두 잊을 수 있을

만한 사랑이 준비된 거야? 만약에 준비된 거라면 확실한 거겠지? 나
네놈 아무래도 좋아할… 같다.

　강준성… 강준성… 강준성. 강준성…….

3

어제보다 오늘… 그리고

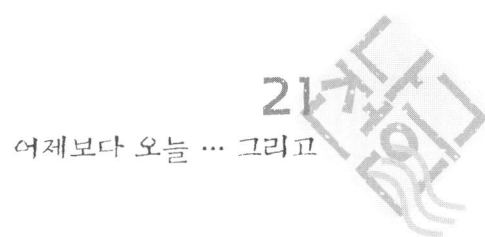

21
어제보다 오늘 … 그리고

오늘 아침에 보는 준성이의 얼굴은 여느 때와 다르게 나를 설레게
했다. 그놈 얼굴을 보고 있자니 왠지 가슴속의 무언가가 술렁이며 떨
리기까지 했다. 나 지금 이놈한테 무척이나 끌리고 있다. 아니, 어쩌
면 좋아하고 있는 건지도 모르겠다. 뭐야, 완전히 이놈 말처럼 되고
있잖아. 쳇. ㅡ,.ㅡ

"무슨 생각 하냐?"

"…뭐? 무슨 생각 하긴!"

"야한 생각 했냐? 뭐, 나랑 뽀뽀하는 거라도 생각했나 보다?"

"우쒸! 죽을래? ㅡ_ㅡ+ "

"근데 얼굴은 왜 빨개져?"

"나는 원래 얼굴이 자주 빨개진다!!"

"하하~"

교문 앞. 교문으로 들어가는 나를 준성이 놈이 부른다.

"준희야."

"왜?"

"들어라."

"뭐야, 이거?"

"뭐야 이거는 지니 노래고 이건 내가 주는 노래다."

"너 진짜 유치한 개그한다. -_-"

"미안하다. ^^ 이 노래를 들으면서 잘 생각해 보거라. 알겠냐? 나는 그 CD 굽느라 고생 좀 했다. 뭔 CD 굽는 게 그렇게 어렵다냐? 하여튼 들어봐! 나는 간다!"

"어쩐 일로 바이를 안 해?"

"바이~"

훗~ 준성이가 주고 간 것은 한 장의 CD였다. 웃! 빨리 듣고 싶은 맘에 무작정 교실로 뛰어갔다. CDP 있는 애가 누구였더라? 아, 빨리……

"준희야, 뭐 해?"

"민이야, 너 혹시 CDP 있어?"

"응, 있어."

"진짜? 다행이다. 나 좀 줘봐. +_+"

"잠깐만."

민이의 CDP에 강준성이 준 CD를 넣었다. 그리고 play 버튼을 눌렀다. 잠시 후 나오는 노래… 조성모의 '마지막 사랑'이었다. 나도 모르게 그 음악에 빠져 그저 가만히 듣고만 있었다. 준성이의 마음일까? 그놈에게 있어 과연 나는 어떤 존재일까? 그저 예전과 같은 감정의 여자일까? 아니면… 글쎄, 잘 모르겠다. 아직 우리 나이에 어떤 큰사랑의 의미가 부여되지는 않을 거라는 생각이 든다.

'마지막 사랑'… 모르겠다, 왜 그렇게 울컥하고 눈물이 났는지. 얼굴을 얼른 책상에 묻었다. 고마워. 네가 준 CD 잘 간직할게. 하지만……. -_-

역시 이놈은 이놈이었다. 다음 곡은 뭘까 하며 기대한 나에게 이놈은 정말 웃긴 놈이었다. 다음곡 역시 '마지막 사랑', 또 다음 곡도 '마지막 사랑'… 웬일이냐. 노래가 총 10곡이었는데 그 모두가 '마지막 사랑'이라면 믿겠는가? -_-

하지만 사실이었다. 도대체 이놈의 머리는 어디까지인가? -0- 다큐멘터리 심층분석 강준성! 그놈의 머리! 그것이 알고 싶다! 일부러 이렇게 만든 건가? 알 수 없는 놈. 그렇게도 '마지막 사랑'이라고 단정하고 싶었던 거냐? 또라이. 훗~ 넌 역시 너야. ^-^;

두 팔 벌려 있을게. 넌 그대로 와. 내가 다시 너를 지킬게. 더 슬프지 않도록. 그때는 다 나에게 주면 돼. 오래 걸려도 나와 함께 하면 돼. 내 삶의 이유가 너이니깐.

—조성모 '마지막 사랑' 中에서.

수업이 끝나고 나가는 길에 나를 기다리고 있는 강준성을 볼 수 있었다. 나를 보자 웃음 짓는 강준성.

"데이트하자."

"싫어."

"가자."

나를 끌고 내려가는 준성이 놈. 내 입도 방정이지. 저놈만 보면 늘 반대로 말이 나온다. 쳇.

준성이와 남문을 돌아다녔다. 이것저것 구경도 하고 준성이 놈 배고프다 해서 떡볶이도 사먹고 오뎅도 사먹고… 참 잘도 먹는다.

"떡볶이 맛있지? 여기 아줌마가 하는 게 젤 맛있다."

"그래? 맛있는 것 같아. 자주 와?"

"자주 오지. 아줌마 여기 얼마예요?"

먹은 걸 계산하고 나왔다. 또 아무 이유 없이 여기저기를 돌아다녔다. 준성이 놈의 손을 잡고 말이다. ^0^

"야, 우리 스티커 사진 찍자."

"사진?"

"찍자."

"나 사진 찍는 것 싫어하는데."

"찍자면 찍지 말이 많아!! ㅡ_ㅡ+"

"에효. 알았다, 알았어. 찍자."

인상을 빡빡 쓰는 강준성을 끌고 스티커 사진기 안으로 들어갔다.

홋~ ^0^

"야, 인상 펴! 웃어!!"

"싫어. -_-+"

"어어~ 이제 찍는단 말야! 웃어!!"

"싫어!"

찰칵—!!

"에잇! 뭐야! 네가 조폭이냐? 표정이 왜 이렇게 시비조야!"

"오호~ 이 표정 마음에 든다! +_+"

탁!

어랍쇼? 이놈이 이 구리게 나온 사진을 선택해 버렸다. 사진을 받아 든 이놈이 무척이나 좋아한다. 이상한 놈! 난 해맑게 웃고 있었으나 이놈은 무슨 수배자인 양 엄청 갈구는 표정을 하고 있었다. 놈은 지갑을 꺼내더니 앞쪽에다 넣었다.

"준희 너 예쁘게 나왔다."

"으하하하~"

"웃는 게 왜 그래? 여자답게 웃어라. 호호 있잖냐. 호호!!"

"네 생각엔 내가 호호 하며 웃으면 어울릴 것 같니?"

"음, 아니다. 그냥 웃어라. 하하, 집에 가자. 데려다 줄게."

우리 집 앞. 벌써 집 앞이구나.

"잘 들어가라."

"응. 너도 잘 가."

들어가려는 나를 강준성이 붙잡곤 가만히 쳐다보더니 웃는다. 왜 웃을까? 나를 꼭 안는다.

"왜?"

"노래 잘 들었냐?"

"응."

"박준희… 너 이제 큰일 났다."

"왜?"

"강준성한테 잡혔으니깐. 너는 이제 아무 데도 못 가. 알았냐?"

"쳇."

"훗, 내 품은 넓어서 말이다. 너 하나쯤은 충분히 지킬 수도 있고, 안아줄 수도 있고, 도망가지 못하게 꼭 잡아둘 수도 있다. 그러니까 너도 아무런 생각 말고 아무것도 따지지 말고 나한테 와라."

"널 어떻게 믿어?"

"믿어. 너만 바라보는 내 눈을 믿어라."

"네 눈은 느끼하잖아."

"하하! 박준희, 넌 이래서 좋다."

쪽!

"혁!! 너 죽어!! 매일 지 마음대로 뽀뽀하네!! 엉?!"

"예뻐서. 잘 자. 나 간다."

몰라, 강준성. 나… 너만 믿으면 되는 거지? 강준성… 그치?

나는 그때 강준성의 뒷모습을 보며 생각했다. 잊을 수 있을 것 같다고… 민우를 정말 잊을 수 있을 거라고… 아니, 어쩌면 벌써 잊었을지도… 왜냐하면 강준성과 함께하는 동안 나는 민우가 한 번도 떠오르지 않았으니까.

나는 이렇게 민우를 잊어가나 보다.

민우가… 민우가… 나타나기 전까지 강준성과 내 사이엔 아무런 벽이 없… 었… 다. 민우가 나타나기 전까진…….

22

준영이와 준성이, 운균이, 태민이, 지훈이와 함께 언덕을 올라가고 있었다. 태민이는 요즘 나리와 사이가 안 좋다고 한다. 싸웠나? 태민이도 나리 때문에 속 많이 탈 것 같다.

언덕을 올라가던 중 어디선가 많이 본, 누군가와 비슷한 뒷모습을 볼 수가 있었다. 어디서 봤더라. -_-a 앞으로 가서 얼굴을 보고 싶었지만 차마 그렇게는 못하고 -_-; 우리 교복을 입고 앞서 올라가고 있는 남학생의 뒷모습이 누군가의 뒷모습과 너무나도 닮아 있었다.

그때… 운균이의 말…….

"어이! 김민우!!"

순간… 내 귀를 의심했다. 아닐 거라고… 절대 그럴 일 없다고. 그런데…그런데… 우리를 향해 뒤돌아선 그 남학생… 민우였다. 내가 그토록 보고 싶어하고, 내게 그렇게도 간절했던 사람… 김민우였다. 바보같이 나는 그 자리에 멈추는 것 말고는 무슨 행동을 보여야 하는지… 어떤 말을 해야 하는지… 아무 생각도 할 수가 없었다.

"박준희, 정신 차려. 뭐 하는 거냐."

"박준영… 너 알고 있었구나."

"……."

아무런 말도 없는 준영이. 아무런 말도…….

"그래서 그때 나한테 그렇게 말했던 거구나."

"준성이 형 힘들게 하지 마. 그땐 내가 너 다신 안 본다."

숨조차 쉴 수 없을 만큼 가슴이 떨려왔다. 그래, 알아. 박준영, 나도 알아. 하지만 나 지금 이렇게 마음이 아파. 마음이 너무 아파. 아파서 어떻게 해야 할지 정말 하나도 모르겠어. 준성이가 있는데도 나는 마음이 너무 아파서 견딜 수가 없단 말이야.

민우가 내 앞에 섰다.

"준희야……."

나만큼 민우도 놀랐나 보다. 내 앞에 선 민우. 전혀 변하지 않은 선한 눈매, 다정한 눈빛… 그대로다. 일 년간 내 옆에 있었던 민우의 모습과 전혀 변한 게 없었다. 아니, 변한 것이 있다면 민우와 내 옆엔 민우도, 나도 없다는 것이었다.

"민우야……."

그렇게 시간이 멈춘 듯했다. 나는 강준성을 의식해야 했다. 준성이는 아무런 말 없이 민우를 노려보고 있었다. 그리곤 나를 쳐다본다. 하지만 나는 바보같이 그 눈을 피해 버리고 말았다. 준성이를 똑바로 쳐다볼 자신이… 나에게는 없었다.

"김민우, 너 뭐야! 엉? 너 준희 알아?!"

화난 듯한 운균이의 목소리.

"이운균. 여전히 말이 많구나? 상관하지 마."

"이 새끼가 아직도 정신을 못 차렸나!! 너 학교 또다시 못 오고 싶냐?"

"덕분에 잘 쉬었다. 다음엔 네놈들 차례야."

민우의 말에 태민이가 버럭 성질을 냈다.

"이 새끼가 뒈지려고! 네놈이 지랄해서 정학 받은 걸 왜 우리 탓으로 돌려? 병신 새끼 육갑하네."

"너희들하고 할 말 없다. 준희야, 나랑 얘기 좀 하자."

어떻게 해야 하지? 난 준성이가 있는데… 멍하니 서 있던 나를 민우가 잡고 가기 시작했다. 그때 누군가가 민우를 잡았다. 바로 준영이었다.

"김민우, 준희 남자 친구 생겼어. 남자 친구 앞에서 뭐 하는 짓이야?!"

"남자 친구? 누구?"

"준성이 형."

"훗~ 강준성?? 상관없어."

"나 지금 굉장한 인내력을 발휘하고 있다는 것 보여?"

준영이의 얼굴이 구겨졌다. 하지만 그렇다고 해서 민우가 나를 놓는 것은 아니었다.

"준희야, 가자."

"김민우, 내가 너 싫어하는 것 알지? 나는 네가 진짜 싫어. 날 더 이상 열받게 하지 마."

"박준영, 넌 여전히 나를 싫어하는구나."

"그렇게 준희 버리고 갔으면 됐지 왜 또 이래?"

"얘기 좀 한다는 거야. 그것도 안 돼?"

"무슨 얘기를 한다고? 둘 사이에 아직도 남은 얘기가 있어?!"

무슨 말을 하는 걸까? 아무런 생각도 못하고 있는 나. 그저 준영이
와 민우의 목소리만 교차되며 들려올 뿐이다. 난 단지 무표정으로 내
옆을 스쳐 가는 준성이만 보고 있으니깐. 준성아, 아니야. 그냥 오랜
만에 만나서 그래. 그래서 그런 거야. 단지 그것뿐이야. 정말이야.

"훗~"

"개수작 부리지 마. 죽여 버릴 거야. 박준희, 먼저 들어가."

"……."

"들어가라고 했지!!"

준영이는 참을 수 없었는지 날 향해 고함을 질렀고, 그제야 민우가
날 놓아주었다.

교실로 들어왔다. 교실까지 어떻게 왔는지도 모르겠다. 어떻게 해
야 하는 거지? 나 이제 어떻게 해야 하는 거지…….

23

민우가 전학 온 학교가 유림 상고였구나. 나는 몰랐는데… 머리 속

이 복잡하다. 너무나 복잡해서 터질 것만 같다. 아무런 생각도 하지 못한 채 내 자리에 가만히 앉아만 있었다. 불안해서 미칠 것만 같다.

"준희야, 얘기 좀 하자."

민우였다. 민우를 본 지영이와 민이는 많이 놀란 듯 나를 쳐다본다. 어떻게 우리 둘이 아는지에 대해 놀라는 것 같았다. 지영아, 민이야, 있다가 말해 줄게. 모든 거 다 얘기해 줄게.

민우를 따라갔다. 민우는 체육관으로 들어가 아무도 없는 구석진 곳으로 갔다. 우린 서로 아무런 말도 하지 않았다. 침묵만 지킨 채 그렇게 몇십 분을 보냈다. 어떤 말을 먼저 꺼내야 할까.

침묵을 끝낸 건 민우였다.

"전학 온 거야?"

"응."

"왜?"

"아빠 사업 때문에."

"그렇구나. 준영이는 대림 공고로 간 거구?"

"응."

"…잘 지냈니?"

"응. 잘 지냈어. …넌?"

"난 보다시피 이러고 지내. 너는 전보다 많이 밝아지고 예뻐진 것 같네."

"내가?"

"응. 너 정말 많이 밝아졌어. 나는 너를 알잖아. 우리 그래도 일 년 동안 지냈는데. 전보다 많이 그렇게 느껴져."

내가 밝아졌다면 그건 강준성을 만나고부터야.

"…준성이네는 어떻게 아는 거야? 여기 와서 알게 된 거야?"

"준영이와는 전부터 알았고 나는 여기 와서 알았어."

"강준성이랑 사귀니?"

"……."

우리가… 사귀냐고.

"준성이가 너를 좋아하는 거야?"

"아냐. 나도 좋아해."

그래. 민우야, 아니야. 준성이만 나를 좋아하는 게 아니야. 나도 준성이를 좋아해. 널 잊을 수 있을 만큼 나도 준성이를 좋아하게 됐어. 미안해… 그냥 미안해.

"그랬구나. …왜 하필 준성이니?"

"무슨 말이야?"

"나 강준성이랑 적이야. 그것도 엄청난. 혹시 유한 공고 박민수라고 아니?"

"박민수?"

"그래."

"알아. 유한 공고랑 대림이랑 안 좋다는 얘기 들었어."

"그래, 많이 안 좋아. 민수가 나한테 도움을 청하더라. 그날 이후로 민수와 친한 사이가 됐어."

"……."

"그래도 우리 친구지."

"……."

친구냐구? 그래, 우린 친구야. 민우야, 고마워. 넌 내가 알고 있는 예전 그 민우가 맞아. 그치…….

"강준성과는 상관없이 친구다. 알았지?"

"응. 이제 들어가자."

"참! 준희, 너 윤강연이라고 아니?"

"윤강연?"

"응. 강연이가 내 여자 친구야."

쿵!!

말도 안 돼. 윤강연이 민우 여자 친구라고? 윤강연은 준성이를 좋아하는데… 그것도 무척이나. 그런데 민우의 여자 친구라고??

"진짜야?"

"응. 여기 학교 오자마자 알게 돼서 사귄 지 2주 좀 지났어. 같이 한번 보자."

"으… 응. 그래, 그러자."

이렇게 황당한 일이 생길 줄이야. 윤강연… 무슨 속셈이지?

민우와 얘기를 마치고 교실로 들어오는 나를 토끼눈을 뜨고 쳐다보는 지영이.

"준희야, 무슨 일이야??"

"응?"

"태민이한테 연락 왔는데 준성이가 화 많이 났대. 그러면서 너 혹시 민우란 애랑 같이 있냐고 물어봤어."

"정말? 나랑 민우랑 얘기하러 나갔다고 말했니?"

"아니. 그냥 교무실 갔다고 했어."

"다행이다. 고마워, 지영아."

"저기… 나 물어봐도 돼?"

"아, 그래. 궁금하겠다."

나는 궁금해하고 있는 지영이와 민이에게 모든 얘기를 해주었다. 내가 아직 잊지 못하고 있었던 사람이 일 년 전에 사귀었던 김민우라고… 유림 상고의 김민우라고. 하지만 이제 모두 정리했는데… 나 이제야 겨우 민우 잊고 다른 사람 생겼는데… 너무 혼란스럽다고… 모든 걸 말해 주었다. 준성이를 좋아하고 있다는 것 또한.

"너무 걱정 마. 준성이 화 금방 풀릴 거야."

"금방 풀겠지?"

"그럼~ 그리고 너도 준성이한테 조금만 더 솔직해져. 지금 너무 숨기고 있는 게 많잖아, 네 마음."

"그래, 지영아. 나도 그러고 싶은데 준성이를 보면 항상 마음과 반대로 말이 나와. 이상하지?"

"그건 네가 준성이를 너무 좋아해서 일 거야. 나도 준영이를 좋아하지만 아무런 말도 못하잖아. 준영이 앞에만 서면 괜히 내 자신이 작아지는 느낌이랄까? 나 역시 그래서 준희 네 마음 알 것 같아. 힘내. ^^"

"고마워."

"전에 내가 그랬잖아, 우리 학교에도 킹카 한 명 있다고."

"그게… 민우?"

"응. ^^"

"그렇구나. 근데 혹시 윤강연이랑 민우랑 사귀는 것 너희도 알고 있었어?"

"뭐?!"

내 말에 당황해하는 걸 보니 지영이는 민우랑 윤강연이 사귀는 사실을 몰랐던 모양이다. 그러곤 민우랑 사귀고 있으면서 준성이한테 그러는 윤강연을 떠올리며 무척이나 열받아했다. 나 역시 그 마음을 절대 이해하지 못할 것 같다. 좋아하는 사람이 있으면서 왜 다른 사람이랑 사귀는 거지? 앗! ——;; 내가 이럴 때가 아니다. 지금쯤 엄청나게 화가 나 있을 강준성이 문제다. TOT

24

수업이 끝나고 공고 교문 앞에서 처음으로 그놈을 기다리고 있다. 공고 애들이 지나갈 때마다 나를 슬금슬금 쳐다보고 간다. 자식들, 예쁜 얼굴 처음 보나. 하하. ^^;;

그나저나 놈이 화가 났다는데 조금은 무섭다. 화내는 모습을 이제 껏 한 번도 보지는 못했다만.

"응? 형수님!! ^^"

그때 내게 마지막으로 꽃을 주고 간 남학생을 만났다. 이름이 철우라고 했지.

"안녕하세요?"

"아휴, 말 놓으세요. ^^ 형수님이 저한테 존댓말하는 거 대장이 들으면 화내요! 말 놓으세요!! 알겠죠?"

"네, 아니, 응. *^^*"

"대장 기다려요?"

"응. 나 때문에 화가 많이 났어."

"그래요? 그래서 그런 건가. 오늘 형을 몇 번 마주쳤는데 볼 때마다 인상 쓰고 있었거든요. 대장 인상 쓰면 진짜 먹어줘요!!"

"하하. ^^;; 그래? 느끼하지는 않구?"

"절대! 진짜 무서워요!! 오죽하면 우리들 사이에선 대장이 인상 쓰면 오줌 쌀 것 같다고 한다니까요!! 긴장돼서. 하하."

"하하, 그렇구나. 그렇게 무섭구나. 나는 아직까지 한 번도 못 봤어."

"형수님, ^^ 저 이제 갈게요. 대장 화 풀어주세요. 그래야 낼 웃으면서 인사하죠."

"응. 걱정 마. *^^*"

철우는 볼수록 정감이 가는 아이 같다. 정말 착해 보이고, 순해 보이는 사람이라고 해야 되나? 천진난만하다? 큭. ^^;;

엇, 준성이다! +_+ 애들과 같이 걸어오고 있었다. 준영이 저놈은 내가 교문 앞에 서 있자 흐뭇한 표정으로 쳐다본다. 또라이. -_-^

"준성아, 네 각시 왔다. >0< 꽃가마는 어디에 두고 온 거지. >_< 나는 꽃마차를 타고 가버릴 거란 말이야."

역시 운균이는 미친 것이 분명해. 정말 미쳤어. −_−^

"야, 너희들 먼저 가. 나 준성이랑 둘이 갈 거야."

"그럼 나는 네가 타고 온 꽃마차 빌려줘."

하늘이시여. −_−;; 제게 참을성을 제발 무한대로 주소서. 살아갈 길이 한참 남은 저 어린양을 벌써부터 죽이고 싶지는 않습니다.

"에라, 이놈아!! 촐싹맞아 가지곤. 가자. 준희야, 잘해~ 안녕~"

그래. 고맙다, 태민아. 시끄러운 이운균이 사라지고 조용히 강준성 놈과 나 단둘만 남았다. 준성이는 침묵을 지킨 채 아무런 말도 안 한다. 그렇게 가만히 벤치에 앉아만 있었다.

학생들도, 선생님들도 퇴근하고 하늘도 이미 어두워져 있었다. 놈이 무척이나 고민스러워 보였다. 담배를 꺼내더니 피우기 시작한다.

"…오해하지 마."

겨우겨우 말을 꺼냈다.

"오해 안 해."

"오해 안 한다구? 그러면 왜 화내고 있는 거야?"

"화 안 냈다."

"웃기지 마. 너 지금 화내고 있어."

"아니야."

"민우는 전에 사귀었던 사람이야. 잊지 못하고 있었는데… 지금은 잊었어. 정말 생각 안 날 정도로 잊… 읍!!"

준성이와의 두 번째 키스. 나는 처음과 다르게 놈의 품에 안겼다. 날씨는 바람까지 불어 추웠지만 이놈 품은 무척이나 따뜻했다. 너무나 따뜻해서 떨어지기 싫을 정도로. 그래서 더 꽉! 꽉 안았다.

"싫다, 다른 놈이 네 손 잡는 거."

"그건…….."

"흔들리지 마."

"그럴 일 없어. 그런 생각 하지 마."

"지금 네 눈에 내가 보이기 시작했다면 그 눈에 애써 다른 사람까지 끼워 넣으려 애쓰지 마라."

"…응."

우리는 처음으로 진지하게 말을 했다. 우리에겐 어떤 사귀자는 특별한 말 없이 시작이란 게 있었던 것 같다. 지금이 그런 것 같다. 내가 이놈 꺼라는 생각이 들만큼 나도 이놈이 좋았다.

25

신나는 토요일이다. ^^ 강준성 이 나쁜 놈. −_− 내가 오랜만에 놀아줄려고 했더니만 오늘은 약속이 있으시단다. 준영이 이놈도 함께 하는 약속인가 보다. 5시가 되자마자 검정 정장을 입고선 휑하니 나가 버렸다. 이런 나쁜 엑스 같은 놈. >_< 그래서 오늘은 지영이, 민이와 놀기로 했다. 두고 봐라! 무진장 재미있게 놀 거다. 홍!!

7시에 인계동에서 만나기로 했다. 뭘 입고 나갈까? 음. ㅡ_ㅡa 한참 옷을 뒤적이다 연한 아이보리 치마 정장을 꺼냈다.

"하하!!"

거울을 보니 오늘따라 더 예뻐 보이는 이유는? 크하하. ^0^

들뜬 기분으로 버스를 타고 인계동으로 갔다. 가던 중 민우와 윤강연을 봤다. 역시 둘이 사귀는 게 확실했다. 하지만 더 이상 상관하지 않기로 했다. 민우는 친구니깐. 내겐 준성이 놈이 있으니깐. ^^*

"준희야!!"

"어~ 민이야! 오늘 민이 진짜 죽인다!"

"어머~ 너는 뭐~"

"하하! 오늘 우리 재미나게 놀자~"

"당근이지. 그런데 지영이가 아직 안 왔어."

민이는 검은색 타이트한 원피스를 입고 왔다. 정말 예쁘다.

"신지영~"

"꺄아~ 니들 뭐야~!! 너무너무 예쁘잖아~ 박준희!! 네가 다 해먹어라! 뭐야, 이러다 부킹 너무 많이 들어오면 어떡해!"

"바보!!"

우리는 가까운 술집으로 들어갔다. 지영이는 소주 따는 솜씨가 예사롭지 않다. ㅡ_ㅡ

술을 잘 못하는 나는 조금씩 마셨지만 지영이와 민이는 아주 잘 마셨다.

"나 준영이랑 연락한다."

"헤엑~! 진짜야?"

"응. 근데 준영이는 잘 안 해. 내가 혼자서 연락하는 거지 뭐. 일방적으로. ^^;;"

"그랬구나."

"내가 연락하면 그제야 하고 그래. 하지만 그래도 좋아. 준영이 오늘 선배들이랑 술 마신대."

"그러냐? 그렇다면 강준성 이놈도 있겠군. ㅡ_ㅡ+"

"그렇겠지. 요즘에 태민이 기분이 별로인가 봐."

민이의 말에 지영이의 눈동자가 반짝거렸다. 너무 반짝거리는 게 아닌가 싶다. ㅡ_ㅡ;;

"왜?"

"나리랑 사이가 안 좋다더라. 나리가 바람기가 좀 있잖아."

"재수없어."

지영이는 씩씩거렸다. 바람기까지 있으니 우리의 곰군 매우 화나고 열받겠군. 저기압일 이유가 충분해.

"요즘에 박나리랑 윤강연 조용하지 않냐?"

"이벤트 행사 이후로 기죽은 거지 뭐."

"설마."

"맞다니까. 요즘 네 앞에 안 나타나잖아. 그거 보면 알지. 그런데 박나리는 왜 또 지랄이래? 정말 짜증나서 못 봐주겠다. 태민이가 자기 마음대로 해도 되는 사람인가, 진짜! 태민이가 너무 오냐오냐 하며 잘 받아줘서 그래!"

지영이는 나리가 무척이나 싫은가 보다. 나도 약간 싫긴 싫지만 그래도 윤강연만큼은 아니다. 어느새 테이블 위엔 빈 술병이 꽤 늘었다. 거의 민이와 지영이가 마신 거다.

갑작스러운 민이의 한마디. -_-;

"준영이 보고 싶다."

"훗, 너 많이 좋아하는구나. 어떡하니. 나는 아무것도 해줄 수가 없어서… 나도 노력은 하는데…….."

"알아, 준희야. 나도 이제 조금씩 준영이 알아가고 있어. 준영이는 많이 냉정하더라. 가끔 아프다는 문자 보내면 아프지 말라는… 약 먹고 푹 쉬라는 사소한 말이라도 해주길 바라는데 준영이는 항상 그래. 난 이제 자야겠다. 잘 자, 아니면 내일 보자라는 둥."

"아니야. 준영이 그놈이 하도 그런 말을 해본 적이 없는 탓에 낯설어서 그럴 거야. 전에 인천에 살았을 때는 더 가관이었어. 여자가 옆에서 붙기라도 하면 얼마나 화를 냈다고! 그만큼 여자를 싫어했어. 그런데 여기 와서 진짜로 많이 밝아졌어. 조금만 더 기다려 봐. 응?"

"그래, 민이야. 조금만 기다려 봐."

"지영이 넌 좋아하는 사람 없어?"

전부터 궁금했던 지영이가 좋아하는 사람. 이제야 슬쩍 물어보는 나다. -_-v

"나?"

"응. *^^*"

으~ 궁금하도다. 과연 누굴까!

"…없어."

없다고 말하는 지영이의 표정이 조금은 서글퍼 보였다. 왜일까?

우리는 10시가 조금 넘어서 1차를 끝내고 2차로 노래방을 갔다. 신나게 목이 터져라 노래를 불렀다. 지영이는 술이 들어가니 몸이 절로 움직이나 보다. 너무 잘 추는 것 아니야? 후훗~ ^^*

26

"오늘 진짜 재미있다! 그치, 준희야~ 민이야~"

"그래, 진짜 재미있다. 우리 3차 가자~"

3차를 외치는 민이의 말에 웃음이 나왔다. 민이는 취했지만 그래도 귀여웠다. ㅋㅋ

"우리 기원전 가자!"

"그래 좋아~ 좋아~!"

나는 그때까지도 내 핸드폰에 부재중 전화가 무려 20번도 넘게 왔다는 사실을 모른 채 좋다고 3차를 향해 가고 있었다. -_-;;;

"저희랑 같이 노실래요?"

면상이 좀 괜찮게 생긴 놈들이 와서 지나가는 우리에게 말을 걸었다.

"아뇨!"

나는 딱 잘라 말하곤 갈 길을 갔다. 그런데 그놈들이 자꾸 따라온

다. 우쒸!! 우리도 우리가 예쁜 것은 알지만 너희 자꾸 이러면 너무 티나잖아. ^-^;;

"같이 놀아요. *^^* 너무 예뻐서 제가 반했어요! 저 괜찮은 놈이니깐 걱정 말고 저희랑 놀아요. 술 쏠게요."

자기 스스로 나 괜찮아요 이러고선 진짜 괜찮은 사람 못 봤다. 뭐야, 이놈. −_−;;

"됐어요. 이것 좀 놔주세요."

그런데 이 새끼 더럽게도 세게 나를 잡고 있다. 어떡한다지. −_−a

"손 놔라!"

엇! 철우였다! +_+ 철우야, 반가워!!

"넌 뭐야?"

"우리 형수님 손 누가 함부로 잡으랬냐? 꺼져!"

아니, 철우야, 이런 곳에서까지 형수님이라고 부르는 건. −_−; 심히 민망한 나는 어찌하라고.

"쇼한다. 씨발. 너 뭬질래?"

"내 형님이 강준성이라고 하면 알아듣겠냐?"

철우가 준성이의 이름을 말하자 작업놈 잠시 멈칫한다. 오호~ 반응이 바로 오는군. +_+

"대림 공고……."

"그래, 이 새끼야!! 준성이 형 여자 친구야!!"

"에잇! 씨발, 짜증나. 야, 가자!!"

세 명의 작업놈들은 철우의 말에 기겁을 하고 달아났다. 그런데 준

성이가 그렇게 무서운 놈인가? 왜 저렇게 놀라서 뛰어갈까? 알고 보면 무섭기보다 느끼한 놈인데. -_-;;

"괜찮아요?"

"응. 고마워. 너 없었으면 큰일 날 뻔했어."

"안 그래도 찾으러 가는 길이었어요. ^^"

"나를?"

"네. 누나 핸드폰 한번 보세요."

"왜?"

"보시면 알아요."

철우의 말에 가방에 있는 핸드폰을 꺼내 보았다. 헉! -0- 하마터면 핸드폰을 떨어뜨릴 뻔했다. 부재중 전화가 20번이나!! 모두 준성이의 번호였다. 이놈이 미쳤나? 전화를 왜 이리도 많이 했지??

"대단하다. 왜 이렇게 전화를 많이 했지? 노래방에 있어서 안 들렸나봐. ^^;;"

"대장이 많이 취했어요. ^^"

"정말? 웬만해선 안 취하는 걸로 알고 있는데."

"폭탄주를 너무 많이 마셨어요. 3학년 선배 형들이 좀 짓궂어서요."

"선배들이 마시게 한 거야?"

"네. 벌주로요."

"벌주?"

"2학년 형들이 대장 애인 생겼다고 하니까 선배들이 데려오라고 그랬거든요. 준성이 형은 형수님이 그런 자리 불편해하실까 봐 다음에 데려온다고 그랬는데 선배 한 명이 말 안 듣는다고 열받아서 폭탄주를 잔뜩 먹였죠. 그러고 보면 대장 참 대단해요. 하하, 나 같으면 당장 데려왔을 텐데."

이런, 감동. ㅠ_ㅠ 강준성, 너 너무 감동적인 것 아니니? 오늘만큼은 너를 아주 예뻐해 줘야겠구나.

"그래서 많이 마셨어?"

"네. 참, 내 정신 좀 봐. 형수님, 같이 가요. 누나들도요. 짐 기원전에 있는데 선배들은 다른 장소로 옮기고 일그룹밖에 없어요."

"기원전에 있어? 우리도 기원전 가려고 했는데."

"2학년 형들이 젤 좋아하는 술집이에요."

"아, 그래?"

우리는 철우와 함께 기원전으로 갔다. 기원전 앞에 서자 민이가 무척이나 당황스러워한다.

"내 얼굴 아직도 빨개?? 나한테 술 냄새 나??"

"아니. *^^*"

아무래도 준영이한테 술 취한 모습을 보여주기가 싫었나 보다. 오호~

"저… 안에 준영이도 있어요?"

"네, 당연하죠. 응? 누나 혹시 준영이 좋아하세요??"

"엇!!"

당황하자 너무나도 빨개지는 두 볼. 절대 수습 안 된다. ^-^;;;

"하하! 한민이 딱 걸렸네!"

"지영아, 말하면 안 돼!!"

"하하, 괜찮아요. 저는 그런 거 말 안 해요. 걱정 마세요! 준영이 좋은 녀석이니깐 잘해봐요."

"철우야, 준영이가 내 동생이란다. ^^"

"아, 그래요? 이야~ 몰랐는데. 어쩐지 많이 닮은 것 같더니. 준영이 자식 너무 멋있어요. ^^ 하하, 들어가요."

떨려하는 민이를 애써 달래고 ^^;; 우리는 철우와 함께 기원전으로 들어갔다. 그런데… 세상에나!!

27

내가 이토록 놀란 이유는 이운균이 술에 잔뜩 취해 소파 위에서 좋다고 노래를 부르고 있었기 때문이다. ―,.― 완전 또라이놈.

"잘가요~ 내 소중한 사람~ 행복했어요~!!"

쳇. 좋은 노래는 알아가지구. ―_―^

"엇, 준희다! 준희야~ 어라? 민이야~ 지영아~"

우리를 젤 먼저 발견한 태민이는 무척이나 반가워했다. 이운균은 보자마자 흥분해서는 소파에서 내려와 마구 달려온다. 진짜 또라이 같아서 무섭다. ――;; 그렇게 전력질주할 필요까지는 없는데.

"철우야, 어디서 찾았어?"

"가는 길에 어떤 놈들이 형수님한테 같이 놀자고 하던 걸 봤죠."

"진짜야? 어떤 자식들이야!!"

"모르겠어요. 보자마자 모시고 왔죠. ^^"

"잘했어. ^^ 준희야, 너 큰일 났다."

"왜?"

"준성이 좀 봐라."

태민이가 가리킨 쪽을 보자 나는 또 입이 벌어졌다. -0- 와이셔츠는 단추가 세 개나 풀어져 있고 검은 넥타이 역시 가슴 언저리까지 내려와 있고… 아주 가관이었다.

"걱정 마. 준성이는 술 일찍 깨. 그나저나 넌 전화를 왜 그렇게 안 받냐? 준성이 열받아서 핸드폰 집어 던졌다. -_-"

"진짜야? 일부러 안 받은 것 아닌데. -.-"

하여튼 저놈의 성깔머리 하고는. 가만히 있는 핸드폰은 왜 집어 던지고 그러신데? 이제 그만 정신 좀 차려주지. -_-;; 하여튼 멍청하기는.

처음 본 얼굴들이 많았다. 나는 준성이 놈 옆에 앉았다. 술에 취해서 나 때릴까 봐 앉기 싫었지만. -_-;; 진짜 때리면 어떡하지? 술 취하면 눈에 뵈는 게 없는 것 아니야? -0- 지영이는 민이를 잡아끌고 가더니 준영이 옆에 앉힌다. 그리곤 자기도 준영이 옆에 앉는다. 지영아, 잘했다. -_-b 히히. 그나저나 이놈은 언제 정신 차리려나. =_=

태민이는 느닷없이 일어서서 나를 지목했다. 뭐야? +_+

"얘들아, 이분이 준성이의 와이프라 할 수 있는 박준희 양이다. 알지? 인사들해라."

"안녕하십니까!! 형수님!!"

헉!! -0- 미치겠다. 이것들이 다 작정을 했나?

"그런데 사복 입은 모습 처음 보는 것 같다. 그치, 지훈아?"

"그러게. 진짜 예쁘다. ^^*"

"아, 진짜 준성이는 복 터졌어. 준성이가 빨리 깨서 준희를 봐야 하는데. 그러면 성질 낼 거야. 하하."

"맞아. 왜 이렇게 예쁘게 하고 왔냐고 하면서. 하하!"

내 옆에서 쌔근쌔근 자고 있는 강준성을 한 대 때리고 싶다. ^^; 내 앞에 앉아 있던 주접 운균이는 갑자기 일어서서 준성이 옆으로 왔다. 그러고는 준성이의 옷자락을 살짝 집고는 게슴츠레한 눈을 하며 어이없는 짓을 해버렸다. -_-^

"대장, 너무 섹시한 것 아니야? 못됐어. 나를 이런 식으로 유혹하다니. >_< 나는 역시 대장 꺼야."

퍽!!

"앗! 이 심술꾸러기 악마 여왕! 준성이를 하루쯤 나한테 양보하는 게 뭐 어때서!!"

"제발 사라져 줘. -_-^"

"아잉~ >_<"

"나의 가운뎃손가락을 당신한테 선물합니다."

하여튼 이 또라이 주접은 절대 못 말린다. 어휴~ 놈들이 술을 많이 마셨다는 증거가 보인다. 소주 박스와 맥주 박스가 여기저기 흩어져 있고 빈 양주병이 테이블 위에서 놀아나고 있다. 대단하다. 나는 돈 많이 준다고 해도 저렇게는 못 마신다. 테민이는 질리지도 않는지 또 술을 마신다. 준영이 놈은 민이한테 눈길도 안 준다. 나쁜 놈 같으니라구.

준성이 놈이 자기 시작한 지 한 시간쯤 흘렀을 때 조금씩 일어날 기색이 보이고 있었다.

"음… 물… 물 줘."

나는 얼음물을 가져왔다. 그리곤 이놈 입에다가 조금씩 넣어주었다.

"음, 미치겠네. 속 쓰려."

"야, 눈 좀 떠보시지."

"뭐야… 웬 여자 목……."

"나다."

"너!! 언제 왔어?!"

역시 모두의 예측대로 성질부터 내는 이놈. ㅡ_ㅡ;

"한 시간 전에 왔어. 너 자고 있을 때."

"그래? 야, 너!!"

"아, 놀라라. 왜? 전화 왜 안 받았냐구?? 노래방에 있어서 벨소리를 못 들었어. 진짜야. 그리고 아무리 화가 나도 그렇지 핸드폰을 왜 던지고 난리야?"

"바람난 줄 알았지. *ㅡ_ㅡ*"

"쯧쯧. 이제 일어났으니깐 집에 가자."

"나 너 본 지 일 분도 안 됐다."

이놈 말에 나는 아무런 말도 못하고 옆에 있어야 했다.

얼마의 시간이 지나서 우리는 모두 밖으로 나왔다. 준영이는 술에 취해서 어디론가 혼자 간다.

"박준영, 같이 가."

"싫어. 넌 준성이 형이 바래다 줄 거다. 잘 가."

"야!! 그럼… 너 민이 데려다 줘!!"

준영이가 걸음을 멈추고 나를 본다. 민이 얼굴이 빨개졌다. 가던 길을 다시 되돌아 와서 민이 앞으로 간다.

"가자."

처음으로 박준영이 멋있어 보였다. 얼~ 민이의 손을 잡고 간다. 둘이 무슨 말을 하며 갈지 궁금했다.

"지영아······."

민이는 먼저 가는 것이 미안했던지 지영이를 보며 어쩔 줄 몰라 했다. 민이야, 걱정 마렴. 이곳엔 남자가 많단다. 너는 어서 너의 갈 길을 가렴. 마음 푸욱~ 놓고 가렴. +_+

"간다. 다들 집에 가서 잘 쉬고 월요일 날 보자."

"네!! 조심해서 들어가십시오!!"

"그래. 바이다~"

비뚤어져 있던 넥타이를 바로 하고 가죽 재킷을 입은 강준성 놈은 역시나 멋있었다. 쩝. ——;; 준성이는 내 머리카락을 만지작거리더니 웃었다.

"예쁘다… 오늘."

"원래 예뻐."

"그래, 원래 예쁘지. 낼 데이트하자."

"쳇… 낼은 약속 없으신가 봐?"

"삐쳤냐? 오늘은 어쩔 수 없었다. 다음부턴 안 그러마."

"알았어. 근데 속 안 쓰려?"

"쓰려."

"낼 엄마한테 해장국이라도 끓여달라고 해서 먹어."

"엄마 없어."

"뭐??"

이게 무슨 봉창 두드리는 소리야? -0-

"놀라지 마. 뭘 그렇게 놀라? 부모님은 사업 때문에 부산에 계셔. 그래서 외아들인 나는 혼자 산다."

"진짜야? 넌 부산 왜 안 갔어?"

"수원이 좋아서."

"그렇구나. 그럼 내일 어떡하지?"

"어떡하긴. 준희 네가 아침 일찍 와서 끓여주면 되잖아."

"쳇."

저놈은 보면 볼수록 좋아지는 놈 같다. 나는 어제보다 오늘의 저놈이 더 좋다.

4
그놈의 과거

21
그놈의 과거

8시… 아직 8시밖에 안 됐는데 웬일인지 눈이 벌써 떠졌다. 미친 것 아니야? 사실은 잠을 자는 내내 꿈을 꿨는데 강준성 이놈이 속 쓰리다고 혼자 끙끙 앓고 우는 꿈이었다. 밤새도록 그 모습에 시달렸다. ——;;

아무래도 이놈한테 가봐야지 안 되겠다. 난 진짜 전생에 무슨 콩쥐라도 되나 보다. 어쩜 이리도 착한 건지. ㅡ,.ㅡ 흠. 아무래도 돌 던지는 사람 있을 것 같아서 겁난다. ㅎㅎ

띠— 띠—

박준영, 이놈 어제 안 들어오더니 밤새도록 술 마셨나 보다. 미쳤어. ——^

[왜!]

자다 깼는지 성질부터 내는 박준영. ー_ー^

"야! 자냐?"

[병신아, 지금이 몇 신데 벌써부터 일어나서 지랄이야!]

"8시다!!"

[그래!! 8신데 아침부터 왜 전화질이야!]

"강준성네 집 어디야?"

[왜? 찾아가게?? 쿡.]

재수없게 웃기는. ー_ー;

"씹. 어, 어디야?!"

[영통 신현대파크빌 304호. 끊어.]

뚝ー

이런 괘씸한 새끼! 누나한테 좀 잘해주면 안 되나. ー_ー; 근데 신현대파크빌? 거기가 어디래? ー_ーa

구제 청바지, 예쁜 구제 스웨터, 흰색 떡볶이 코트를 입고 엄마 아빠 몰래 무작정 나왔다. 싸가지 놈아, 예쁜이가 간다! 히히. ^^

"택시!!"

택시 아저씨들은 뭐가 그리 바쁘다고 그냥 가버린다. 추워죽겠구만. +.+

"아!! 택시!!"

아싸!! 드디어 택시를 탔다. 우〜

"어서 오세요."

"아저씨! 영통에 신현대파크빌이요!!"

"네."

이런 제길. 가까운 줄 알았더니 정말 멀다. 짜증나네. 아우~ 열받는다. 내 거금 6,000원이 날아갔다. 강준성, 내가 너 때문에 아주!

눈앞에 신현대파크빌이 보인다. 흐흐. 마트에 들러서 반찬거리를 사는 착하고 예쁜 나~ 정말 이런 여자가 어디 있을까? 흐흐. 어머~ 돌 날아온다. *-_-*

304호.

여기가 맞겠지? 오늘은 추우니깐 이놈이랑 집에서 놀아야겠다.

띵동… 띵동… 띵동…… 띵동…….

어라? 이게. -_- 어디 네가 이기나, 내가 이기나, 초인종이 이기나 해보자!

띵동띵동띵동띵동띵동띵동띵동띵동띵동띵동띵동—

쾅—!!

절대 내가 문을 친 것이 아니었다. -0- 이놈이 성질났는지 문을 한 번 찬 것이다. 벨을 그만 누르라는 뜻이었나 보다. 성질머리 하고는. -_-;;;

"아, 씨발! 누구야!!"

누구긴 누구냐, 나지. 메롱. ^^

쾅!

또 한 번 쾅 소리가 난 후 문이 열렸다. 현관문이 열렸을 때 나는 당황해서 어찌할 바를 몰랐다. 그놈 역시 무척이나 놀랐나 보다.

"앗! 너 뭐야! 잠깐만 기다려."

쾅—!

문이 닫쳤다. 가만… 지금 뭔가가 지나간 것 같은데… 그렇다. 저놈 분명 팬티 바람이었다. 그것도 삼각! 쿵쿵. ㅡ_ㅡ 참 떨렸다. 이런… 이런 극한 상황에 떨리는 내 심장. ㅡ_ㅡ; 괜히 변녀 같아 심히 민망해진다.

탁.

문이 열리자 츄리닝을 입고 새빨개진 얼굴을 한 놈이 서 있었다. 꽤나 얼빠진 얼굴로 말이다. 자기도 상당히 창피할 거다. 이놈 가끔 가다 보면 쑥스러움을 무척이나 잘 타는 것 같다. 이놈과는 상당히 안 어울리는데. 역시 귀여운 놈이야. 히히. ^^

"봤냐……?"

"그래, 다 봤다."

"아, 미치겠네. 들어와."

집 안은 생각보다 깔끔했다. 원룸이었는데 놈 생긴 거랑 비슷하게 깔끔하다.

"여긴 어떻게 알았냐?"

"준영이한테 물어봤어."

"그런데……."

"아침부터 웬일이냐구?"

"응? 응……."

눈에 잠이 한가득하다. 졸린가 보다. ㅋㅋ

"네놈이 꿈에서 나 잠 못 자게 끙끙 앓아대길래 왔어."

"내가??"

"그래."

"쿡. 핑계는… 그냥 보고 싶어서 왔다고 하면 어때서~"

"아침부터 네 눈 보니깐 느끼해진다. 나 졸려. 잘란다."

"야! 여기가 어디라고 잠을 자!"

"몰라. 너 보니깐 졸려."

"일어나 봐. 야야! 너 자면 몰래 뽀뽀한다!"

"맘대로. 야~ 네 침대 퀸이라서 정말 좋다. 우와~ 안녕."

나는 사실 저놈이 나를 왜 못 자게 하는지 안다. 놈은 정말 순진한 놈이었다. 킥킥. 알면 알수록 귀여운 놈이라고 해야 할까? 하하. 안 봐도 뻔하다. 떨려서 나 자는 것 실컷 쳐다만 보다 소파 가서 뒹굴다 가 잘 놈이란 걸. ^^*

29

아~ 잘 잤다. 시간을 보니 벌써 11시가 다 되어가고 있었다. 놈은 어디 있나? 크크크. 놈은 나의 예상대로 소파 위에서 매우 불쌍한 자 세로 자고 있었다. 조금 미안해졌다. 어제 술 먹어서 속이 말이 아닐 텐데. 안타까운 심정에 이불을 가져와 따뜻하게 덮어주었다. 그놈 참 멋있구만. 으흐, 침 떨어질라.

나는 강준성을 위해서 앞치마를 두르고 밥을 하기 시작했다. 고춧가루 팍팍 넣어 콩나물국을 끓이고 줄줄이 비엔나를 볶은 다음 케첩과 설탕도 뿌렸다. 으하~ 맛있겠다. 앗! 밥도 해야지. 큰일 날 뻔했다. 놈과 멀뚱멀뚱 반찬 구경만 할 뻔했잖아. ——;;

냉장고에는 있는 게 없다. 먹다 남은 참치 캔이랑 음료수, 맥주, 소주, 양주. 이건 원. ─_─ 뭔 놈의 술들이 이리도 많은지. 술 살 돈 있으면 반찬이나 사둘 것이지. 이놈은 도대체 뭘 먹고 사나? 황당하다. 전에 울 집 와서 밥 먹던 모습이 생각난다. 그때 무척 허겁지겁 먹은 것 같은데. 이거… 혹시 학교 급식이 하루에 먹는 양의 전부인가? 갑자기 놈이 한없이 불쌍해졌다. T_T 걱정하지 마렴. 이 누나가 얼른 밥 해서 너의 허기진 배를 채워줄게.

반찬은 볶은 햄과 콩나물 무침, 김, 김치, 국… 이게 전부였다. 쩝. 반찬 더 사 올 걸 괜히 후회된다. 베란다로 나가는 순간 기절하는 줄 알았다. 라면 박스가 족히 열 개는 넘는 듯. 그중에서 비어 있는 박스가 4개. 이놈 라면만 처먹고 사나 보다. 에효… 가련한지고. 그래도 명색이 박준희 남자 친군데. 쩝. ——^

"야!! 야, 강준성!!"

곤히 자고 있는 넘을 깨우기 시작했다. 이놈은 일어나기 싫은지 아예 뒤로 눕는다. ─_─^

"강준성, 일어나!! 빨리!!"

어쭈! 들은 척도 안 하는데?

"너 안 일어나면 뽀뽀한다!!"

내 입에서 어떻게 저리도 닭살 돋는 느끼한 말이 나온 건지 모르겠다. ─_─;;; 주접이다. 나도 강준성 닮아가나 보다. ㅋㅋ

"나 안 일어난다."

쯧쯧. 망할 놈. ─_─ 이제야 듣는 척하는 이유는 뭐냐. ─_─^

"밥 했어. 밥 먹자."

"진짜?!"

준성이는 밥 했다는 내 말에 신기한 듯 일어났다. 그리곤 주방으로 가더니 차려져 있는 음식과 내 얼굴을 번갈아 보며 더 신기한 듯 웃는다.

"집에 아무것도 없었는데… 어디서 난 거야? 사 왔냐?"

"쳇."

"이거 네가 다 한 거야?"

"쳇."

"이야~ 각시 하나는 잘 뒀다."

"미친. ─_─;;"

"이리 와."

느릿느릿 걸어가 의자에 앉았다. 밥을 먹는 순간 저놈 참 기차게도 잘 먹는다. 보는 내가 민망할 정도로 아주 맛있게. 그 누가 그랬던가? '먹는 것만 봐도 배부르다'고. 지금 내가 그 심정이다. 맛있게 먹는 준성이 놈을 보고 있으려니깐 기분도 좋다.

"너 이제부터 라면 먹으면 죽는다."

"라면 안 먹었어."

"죽을래? 그럼 베란다에 있는 라면 박스들은 다 뭐냐? 네 안주들이냐?"

"흠."

"그 속에 매일 술이나 먹고 다니니까 속이 아프지! 너 진짜 죽어볼래?"

"알았어. 밥 먹고 다닐 테니깐 화 좀 내지 마라."

"진작에 그럴 것이지."

준성이의 설거지를 마무리로 우리는 소파에 앉아 TV를 봤다. 재미없다. 매일 보는 쇼 프로라 지겹다. 준성이도 나와 같은 심정인가보다. 그렇게 지겹도록 TV만 보고 있었던 게 세 시간이나 흐른 것 같다. 벌써 네 시다. 에휴. -_-;;;

"우리 노래방 가자. ^^"

"싫어."

이런 싸가지를 봤나. 내가 가자는데, 엉?? 나는 놈 얼굴에 바싹 다가가 내 두 손으로 볼때기를 꽉 잡고 돌렸다. 놈 얼굴이 빨개진다.

"아, 아파. 왜 그래?"

"노래방 가."

"노래 못 불러."

"그래도 가! 나 노래 부르고 싶단 말야!!"

"알았어, 알았어. 가자, 가자."

"진작에 그럴 것이지."

"다 좋은데 얼굴 좀 바싹 들이대지 마."

"참나, 자기는 매일 아무런 예고 없이 키스하는 주제에."

"나는 남자잖아."

"그게 무슨 상관이야?"

"네가 갑자기 얼굴 바짝 들이대면 아무 생각도 안 하고 있던 내 머리가 갑자기 혼란스러워지잖아."

"혼란스럽긴 뭐가 혼란스럽다고 그래?"

"아무튼 갑자기 들이대지 마라. 내 심장 터진다. ^^;;"

옷장을 뒤져 보니 구제 청바지가 있다. 어이? 이놈은 순 정장만 있을 줄 알았더니. 하하! 신난다. 나는 싫다고 떼 쓰는 강준성 놈에게 얼굴을 다시 한 번 확 들이대고는 조용히 청바지와 예쁜 스웨터를 입히고 진한 베이지색 떡볶이 코트를 입혀서 밖으로 나왔다. ㅋㅋ

크하하, 멀리서 봐도 우린 커플이다. ^0^

30

"아, 이게 뭐야? 나 이런 것 싫어하는데. 뭐야, 애도 아니고."

옆에서 계속 투덜투덜되는 강준성. 나만 좋다고 웃고 있으니. 으하하! 18살이면 애지 어른이냐? 웃기는 놈일세. ㅡ,.ㅡ

"어디 노래방 갈까?"

"아무 데나."

"아무 데나 노래방이 어디 있지? 어디 있더라?"

"알았어. 미안하다. 저기 가자."

준성이가 내 손을 잡고 이끈 데는 바로 '아리랑'이라는 간판이 달린 노래방이었다. 겉보기와는 달리 안의 시설은 무척이나 깨끗하고 좋았다. 채플린 노래방보다 더 낫다. 이야~ +_+

놈은 들어오자마자 담배를 피워댄다.

"콜록콜록. 흠! 콜록. 흠흠!!"

"알았다, 알았어. 끄면 될 것 아니냐? 끈다, 꺼!"

"나, 네 옆에 가서 노래 부를래."

"이리 와."

소파 등받이 위로 널따랗게 펼친 놈의 두 팔 사이로 쏙 들어갔다. 놈한테 기대서 혼자 신나게 노래를 불렀다. 준성이 놈이 나를 연신 쳐다보고 있다는 게 느껴진다. ^^;; 자식, 끈적 무드를 조성하는 중이군. 이소은의 서방님을 눌렀다.

오늘따라 목소리가 유난히 예쁘게 나오는 것이 아닌가! -0- 이런, 큰일 났다. 강준성이 나한테 푹 빠지겠네. >_< 준성이의 손이 내 허리를 감쌌다. 자식, 본 건 많아서.

서방님, 내 서방님, 용서하세요. 허락하려 할수록 소녀는 우스워질 테니. 노여워 않아요. 견뎌내야죠. 처음부터 잘못 택했었던 그대의 잘못인 거죠.

　　　　　　　　　　　　　　　　　—이소은 '서방님' 中에서.

우리는 노래방에서 영화를 찍어댔다. 캬캬. 남자 주인공 '강준성', 여자 주인공 '박준희', 제목 '아리랑 노래방 끈적해졌네'.

우하하하— 풉!! ^0^

"준희야."

"왜?"

"너 내 앞에서만 노래 불러라."

"뭐야? 내가 뭐 인형이냐, 네 앞에서만 노래 부르게?"

"안 돼. 다른 놈들 앞에서 노래 불러서 그놈들 뿅 가면 감당이 안 된다구!"

"그래서 너 뿅 갔냐?"

"응. 이미 갔다."

"풋~"

하는 짓이 하도 귀여워서 놈 볼에다가 뽀뽀를 해줬다. 히히~ 그랬더니 놈 얼굴이 또 빨개진다. 신기한 놈. 가끔은 이런 걸로 깜짝깜짝 놀래켜 줘야지. 하하~ 재밌다. 이런 놈이 싸움질을 한단 말야? 도무지 믿기지가 않는다.

"지금 부른 노래 제목이 뭐냐?"

"서방님."

"캬~ 죽인다. 어쩜 제목도 내 맘에 쏙 드냐?"

나는 무진장 많은 노래를 부른 후 놈과 함께 밖으로 나왔다.

"노래 불러서 배고프지?"

"응, 조금."

"가자."

"어디?"

놈이 데려간 곳은 피자헛이었다. 우리는 피자헛에 가서 피자 한 판에 샐러드를 주문해서 무척이나 맛있게 먹었다. 난 내가 젤 좋아하는 샐러드를 와창 먹고 준성이는 피자에 환장한 놈마냥 잘도 먹었다.

"배불러."

샐러드를 계속 먹었더니 배가 부르다. 계산하고 나오는 길에 직원들의 표정을 봤는데 당황해서 어찌할 바를 모르는 것 같았다. 생긴 것은 너무 멀쩡해서 사인이라도 받고 심정이다만 먹는 걸 보니 둘 다 며칠 굶은 것마냥 하나는 샐러드에, 하나는 피자에 목숨 걸고 먹고 있으니 놀란 만도 하지. ㅋㅋ

준성이 놈과 영통을 거닐고 있을 때였다. 어떤 세 놈들이 우리 쪽으로 다가왔다. 한 놈은 태민이만한 덩치에, 또 한 놈은 갈구는 표정에, 마지막 한 놈은 준성이만한 키에 호리호리해서 좀 생긴 얼굴이었다.

조금 험악한 분위기로 다가오고 있는 그놈들을 본 준성이의 표정이 웃다가 갑자기 똥 씹은 표정으로 바뀌었다. 뭐지?

"여어! 강준성, 오랜만이다?!"

그중 갈구던 놈이 말을 걸었다. 서로 아는 눈치다.

"꺼져."

처음 듣는다, 준성이의 엄청난 저음. 필시 이것들 지금 우리한테 시비 거는 것일까?

"씨발, 오랜만에 봤는데 꺼지라니? 강준성 이짱 되고 나더니 깡 세졌다? 안 그러냐, 민수야?"

민수?? 갈구는 놈은 호리호리한 놈에게 비굴하게 웃으며 민수라고 했다. 그렇담 이것들이 유한 공고 놈들이구나. -0-

"강준성, 옆에 있는 건 네 노리개냐? 안 보던 건데 어디서 꼬셨냐? 예쁘게 생겼다?"

저 망할 놈 같으니라고. 욕이라도 하고 싶었지만 세 놈들이 인상을 너무 구기고 있어서 사실은 쫄았다. -_-;; 생각해 봐라. 열받지만 저 것들은 조폭 같은데 가녀린 내가… 그래! 미안미안. ㅜ^ㅜ

퍽!!

순간 당황했다. 갑자기 준성이의 주먹이 말 많던 놈의 얼굴을 정면으로 강타해 버렸다. 헉!! 준성아, 고마워. 네가 나의 한을 풀어주는구나. 네가 짱이야. 너무 멋져!! +_+ 그런데 한 대만 더 때리지 그랬냐. 윽.

"유창석, 너 말 많다. 한 번만 더 지껄이면 가만 안 둔다. 노리개? 한 번만 더 그 따위로 말해 봐. 그땐 가만 안 둘 테니까! 네놈들한테 지금 확실히 말해 둔다. 여기 내 옆에 있는 사람 얼굴 똑똑히 봐둬라. 준희 털 끝 하나라도 건드렸다는 소문만 나돌아도 네 새끼들 죽는다. 알았냐?! 유창석, 너 많이 컸다? 누가 네 새끼를 이따위로 만들어놨냐? 박민수냐, 김병철이냐?"

"씨발."

유창석이라는 놈은 맞은 얼굴을 만지작거리며 무척이나 머뭇거렸다. 덩치 큰 애는 아무 소리도 못한 채 가만히 있었고 호리호리한 박민수라는 애는 준성이의 얼굴만 노려보고 있었다. 박민수도 인상 하나는 죽여준다. 오호~ 조금, 아니, 많이 무서운데? ㅡ_ㅡ;; 비굴하다, 박준희.

"강준성, 요즘 연애한다더니 그 애가 이 애냐?"

그래, 이놈들아! 그 애가 나다! 응! +_+ 박민수. 그래도 꽤 예의를 갖춰 말한다. 유창석이라는 애보단……. ㅡ_ㅡ;;

"그래, 내 말에 대꾸하기도 싫다는 거냐? 뭐, 강준성이 날 싫어하는 게 하루 이틀도 아니고. 알았다. 우린 이제 가던 길을 가야지. 참, 소문 들리더라. 대림 공고가 슬슬 우리 칠 준비 한다고. 맞는지 안 맞는지 모르겠지만 우리가 작년처럼 너희들한테 당하지는 않는다. 명심해라."

"박민수, 네가 유한 공고 이짱이면 이제 정신 차려라. 우리 대림은 이제 싸움질 같은 거 안 한다. 알았냐? 대신 내가 이렇게 말했는데 이 말 어기면 어떻게 되는지 유창석은 알 거다. 알았냐? 잘 물어보고 행동해라."

박민수는 알 수 없는 비웃음을 내비치고는 우리 곁을 지나쳐 갔다. 으… ㅜ_ㅜ 준성이의 처음 보는 또 다른 모습은 정말 소름 끼칠 정도로 무서웠다. 내가 하는 행동에 쑥스러워 얼굴 빨개지던 그런 순진한 놈이 아니라 정말 이짱다운 모습. 그런데 나는 순진한 얼굴을 할 때의 이놈이 더 좋은데. ㅡ_ㅡ;;

31

"이제 들어가."

"응. 너도 조심히 잘 가."

"알았어. 간다."

혼자 간다고 그렇게 말하는 내 말을 듣지도 않고 결국 우리 집까지 왔다. 아까 전에 박민수 패거리들 앞에서 단호하게 말하던 놈의 말이 기억난다.

"네놈들한테 지금 확실히 말해 둔다. 여기 내 옆에 있는 사람 얼굴 똑똑히 봐둬라. 준희 털 끝 하나라도 건드렸다는 소문만 나돌아도 네 새끼들 죽는다. 알았냐?!"

나를 향한 준성이의 진심. 자식, 고마웠어. 훌쩍훌쩍. ㅜ^ㅜ

"강준성!!"

"응?"

"너… 너, 아까 한 말 지켜야 돼!"

"뭐?"

"싸움질 안 한다는 것, 그것 말이야!"

"당연하지! 지킬게. 얼른 들어가."

"으… 응."

놈이 조금씩 멀리 사라지고 있다.

"박준희!"

"응?"

"나 네 서방 맞지?"

"그… 으… 래. 내 서방 맞다. −_−;; "

저놈은 아까부터 계속 서방님 노래가 머리 속에서 붕붕 떠다니나
보다. 바보—

"갈게!"

바보… 정말 바보. 싸우지 마. 알겠지? 시비 걸어도 그냥 무시해
버려. 알겠지? 싸우다가 다쳐서 오는 날에는 너 죽고 나 사는 거야.
내 말 들어. −_−^ 알겠지… 알겠지, 준성아? 네가 정말 많이 좋아지
려고 해. 어떡하지? 너무 좋아져서 네놈 없으면 나 숨도 못 쉬고 그러
면 어떡하냐… 어떡해?

네놈이랑 헤어지고 집에 들어가는 게 왜 이렇게 아쉬운지. 너무너
무 아쉬워서 지금쯤이면 버스 정류장에 서 있을 네놈한테로 다시 뛰
어가고 싶잖아.

고마워, 정말로. 나 그동안 너무 힘들었거든. 정말 다시는 그 어떤
사람도 좋아하지 못할 거라고 믿었는데……. 강준성, 우리 지금처럼
만… 더도, 덜도 말고 지금처럼만 함께하자. 우리 지금처럼만 사랑하
자…….

32

월요일 아침이다. 월요일만 되면 괜히 짜증난다. 학교 가기도 싫고. 흑. ㅜㅜ 준영이 놈과 나란히 집을 나섰는데……

"응? 형! 어쩐 일이야?"

강준성이 우리 집 대문 앞에 서 있었다. 무슨 일이지?

"그냥 같이 학교나 가려고 왔다."

"준희 때문이었어? 쩝. 이런, 실망인데?"

어떡하지? 입 근육이 저절로 움직여지는데. 으~ 웃으면 안 돼! 너무 좋아하는 티나잖아!! ―0― 이운균을 생각해야겠다. 그럼 분명히 화가 날 거야… 하하.

"어쩔 수 없잖냐. 하하. 준희야, 나 왔는데 아는 체도 안 하냐?"

"밥 먹었냐?"

"응? 응, 먹었어."

"죽을래? 사실대로 말 못해?"

"미안하다. 내일부터 꼭 먹으마."

퍽! 퍽! 퍽! 퍽!

준성이 놈의 배를 연신 때렸다. 나쁜 놈, 내 말 지지리도 안 듣지. 앙?!

"참나, 놀고 있네. 형, 준희한테 너무 기죽지 마! 이거 별것도 아니야!!"

저런, 말하는 싹퉁머리 하고는. -_-;; 전생에 너와 난 원수지간이었던 것이 틀림없어. 그렇지 않고서야 이렇게 서로를 싫어하지는 않을 거야. -_-;

"하하. 나한텐 별건가 보다, 나 쫄은 거 보면."

움하하. ^^＊ 박준영, 까불지 말란 말이야! 강준성은 이미 나의 손안에 있다고! 히히. 그런 눈으로 쳐다보기는.

우리 셋은 나란히 버스를 탔다. 뒷자리에서 우리를 기다리고 있는 덩치, 핸섬, 촐랑. 토요일 이후 보는 촐랑인 여느 때와 마찬가지로 촐랑거렸다. -_-;

"공부 열심히 해. 문자 쓸게."

"응. 잘 가."

갈 생각은 하지 않고 나만 쳐다보고 있는 준성이를 촐랑이가 한심하다는 듯 억지로 끌고 갔다.

"대장! 얼른 우리 사랑의 보금자리로 가자! 이런 경우는 보기 드문 경우란 말이야. 나는 정말 이런 경우 마음에 안 들어!"

"이 자식아, 그게 도대체 무슨 말이야? 제발 엉뚱한 말 좀 하지 마!"

"아잉～ >_<"

저 망할 촐랑이 새끼. -_-;; 촐랑이는 미친 것처럼 뭐라뭐라 쫑알쫑알대고 있었고, 태민이와 지훈이는 준성이를 보며 못 믿겠다는 듯 무척 놀라워했다. 얘들아, 사랑의 힘이란 이런 것이란다. 으하하하～

기분 좋게 교실로 들어가려는 중이었다.

"야, 너 나랑 얘기 좀 하자?"

엄청난 갈굼의 눈빛으로 윤강연이 말을 걸어왔다. 아침부터 왜 나를 갈굴까 하는 생각도 들고 어떤 말인지 궁금하기도 해서 따라갔다.

잠시 후 따라온 걸 금방 후회하고 말았다. 그곳엔 박나리와 소위 논다고 깝죽되는 것들이 나를 기다리고 있었다. 이년들, 작정했어. 아주 대작정을 했구만! 씹. 뭐야, 이것들!!

"박준희, 안녕?"

박나리다. 뭐야, 저건. 짜증나네. 애네들, 도대체 뭘까? 모두가 나를 곱지 않은 시선으로 바라보고 있었다. 왠지 내 쪽이 심히 불리하다는 생각이 든다.

"윤강연, 할 말이 뭐야?"

"너 준성이랑 사귄다며?"

비꼬는 듯한 말투로 윤강연이 말했다. 역시 그것 때문이었군. 그런 거였어.

"그래서? 너랑 무슨 상관인데?"

"너 진짜 대단하다? 정말 꼬리 잘 치는데? 웬만해선 준성이가 너 딴 년한테 안 넘어갈 텐데 얼마나 여우짓을 해댔으면. 미친년. 안 그러니, 애들아?"

그곳에 있던 모든 애들이 비웃는다. 내 자존심이 이렇게까지 상하는 일 정말정말 처음이다. 나는 애써 화를 억누르고 있었다.

"그래서 네 꼬리 치는 것에는 안 넘어가고 내 꼬리 치는 것에만 넘어와서 열받니? 너와 나는 레벨이 다른데 어떡하니?"

"너 진짜 싸가지없다? 엉?!"

"너 민우랑 사귄다며? 그럼 됐지 왜 난린데?"

"훗~ 민우? 김민우 말하는 거니? 민우랑 너랑 전에 사귀었던 사이라며? 민우가 그러더라. 그것도 꽤 오래 사귀었다며? 참, 민우한테 차인 거라며? 어머~ 어쩌니, 그런 민우랑 내가 사귀어서? 너 좀 배아프겠다?"

윤강연 진짜 내 성질 돋운다. ㅡ_ㅡ; 정말 화가 나서 못 참겠다.

"네가 민우랑 사귀어서 내 배가 아프면 넌 내가 강준성이랑 사귀어서 더 아프겠다? 피차일반이야. 너 고작 이따위 말 하려고 부른 거라면 난 간다. 유치해서 더 못 있겠다."

"이게 진짜! 내가 웬만해선 그냥 보내주려고 했는데 이년 말하는 꼬락서니가 너무 싸가지가 없네? 너 오늘 잘 걸렸어, 미친년아!!"

퍽!!

박나리의 발이 내 배로 날아오는 바람에 그만 주저앉고 말았다. 박나리와 그 잡다한 것들은 주저앉은 나를 발로 밟고 찼다. 이를 악물고 일어섰다. 그리고 윤강연을 봤다. 그래, 좋다! 너야말로 오늘 잘 걸렸어!

"너 이리 와!"

윤강연의 머리를 그대로 낚아채서 있는 힘을 다해 윤강연만 때렸다. ㅡ_ㅡv 윤강연은 역시 박나리의 빽을 믿은 거다. 발버둥 쳐대며 소리만 지르고 있었다. 어이없는 년. ㅡ_ㅡ;;

내가 윤강연을 때리자 박나리와 그 잡다한 것들이 뒤에서 나를 때리고 난리가 났다. 하지만 아프지 않다. 화가 날 뿐이다. 내가 이런 것들한테 맞고 있음에 화가 날 뿐이다. 정말로 황당할 뿐이다. 윤강연이란 인간한테 미치도록 황당할 뿐이다.

윤강연이 맞고 있자 박나리는 나를 밀쳐 내기 시작했고, 수에 모자라는 나는 떨어져 나가 붙잡힌 채로 맞았다. 나는 오로지 내 앞에서 마치 나를 조롱이라도 하는 듯 보고 있는 윤강연만을 노려봤다. 윤강연, 박나리… 내가 오늘만큼은 절대 잊지 않으마. 미친 것들. 나한테 맺힌 게 많은가 보다. 쉴 틈도 없이 때린다.

"야, 박준희!! 내가 김민우를 정말 좋아하는 것 같니? 민우는 장난감에 불과해. 나는 너를 짓밟아 버릴 거야. 알아? 내가 너 때문에 짓밟혔거든. 절대 용서하지 않을 거야! 난 준성이만 바라봤어! 너만 없었어도 준성이는 나 버리지 않았어! 알아? 내가 왜 너 때문에 이렇게 돼야 돼? 응?!"

얼마만큼 맞은 걸까? 정신이 자꾸만 아득해진다. 그렇게 정신이 아득해지는 가운데 나를 더욱 힘들게 하는 박나리의 말. 나를 더욱 미치게 만드는 박나리의 말.

"미친년아, 준성이랑 강연이랑 사귀었었어!"

갑자기 아무 소리도 안 들린다. 단지 윤강연의 이어지는 울음소리만 들렸다. 준성이랑 윤강연이 뭐? 뭐 어쨌다고? 뭐야…….

5

사랑하다 미워지면 눈을 감아도 눈물이 난다

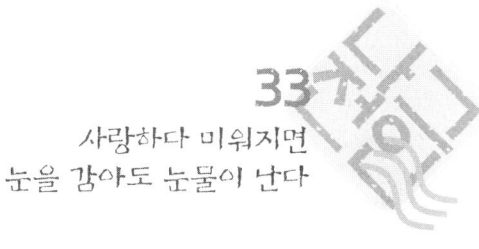

33
사랑하다 미워지면
눈을 감아도 눈물이 난다

    힘들다. 몸에 힘이 하나도 없다. 시계를 보니 벌써 열한 시. 핸드폰 엔 부재중 전화가 열 개도 넘게 와 있다. 지영이와 민이의 전화번호. 교실로 갔다. 아이들이 떠들고 있는 걸 보니 자율학습 시간인가 보다. 문을 열었다. 지영이 민이가 보인다.

    "준희야!! 준희야!!!"

    쓰러지기 직전인 나를 지영이랑 민이, 그리고 몇 명의 애들이 의자 에 앉혔다.

    "준희야, 누구야?! 어떤 년이야?! 어떤 년이 이랬어!! 말해 봐!! 박 나리랑 윤강연이지? 응?! 말해 봐!!"

    많이 놀란 듯 지영이는 손까지 떨었다. 민이는 피를 닦아주면서 울기만 한다. 나… 아까 너희 둘 생각이 너무 많이 나더라. 윤강연을 감싸는 박나리처럼 나를 감싸줄 너희 둘이 너무나 절실히 생각나더라.

"지영아, 됐어. 괜찮아… 나 좀 잘래."

"씨! 대답 좀 해봐!! 그년들 맞지? 응?!"

"괜찮아……."

"미친년들! 다 죽었어!!"

지영이가 교실 밖으로 뛰쳐나갔다.

"민이야, 나 궁금한 게 있는데… 한 가지만 물어보자."

"흑… 뭐, 뭔데? 말해 봐."

"준성이랑 윤강연이 사귀었었다는 게 사실이야?"

"응?"

민이는 어떻게 말을 해야 할지 망설이고 있는 눈치 같다. 사실이구나, 제길. 기분 상당히 더럽다. 엄청 더럽다.

"왜 진작에 말 안 해줬어?"

"…미안해. 그런데 둘 사이는 끝났고 준성이는 아무렇지도 않게 친구로 대했어."

"윤강연은 아직 끝난 게 아니었잖아. 나 지금 기분 더러워. 그런 자식을 좋아한 자체가 더럽다고."

"준희야, 준성이는 그런 애가 아니란 건 네가 더 잘 알잖아."

알아, 강준성 그런 놈 아니란 걸. 나 아는데… 모르겠어. 그냥 화가 나. 윤강연이랑 강준성이 전에 사귀었다는 게 분해… 분해. 정말 분해. 지영이가 다시 들어왔다.

"준희야! 이년들 어디 갔어?! 교실에 없잖아? 응?!"

"내버려 둬. 지영아, 내버려 둬. 나 힘들어……."

온몸이 뜨거워짐을 느낀다. 이제야 몸이 아프다. 몸이 아픈 만큼 아니, 그보다 더 마음이 아프다. 마음이 너무 아프다. 그 뒤로 쓰러져 잠이 들었다. 무슨 일이 벌어진 줄도 모르고 난 자기만 했다.

34

우당탕탕—!!

뭔 소리야? -_-; 잠에서 깼다. 온몸이 정말 다 아프다. 고개를 살짝 들어 지영이와 민이를 찾았지만 없다. 그리고 애들도 없다. 뭐야, 어떻게 된 거지? -_-a 칠판을 보니 반장의 삐뚤삐뚤한 글씨가 적혀 있었다.

오늘 교무회의가 길어져서 오전 수업까지만이란다. 다들 집에 가도록.

그랬구나. 집에 가야 할 텐데… 힘이 하나도 없다.

"콜록. 콜록."

쾅—!

"준희야!!"

누굴까? 내 눈앞에 있는 건 강준성이었다. 강준성은 상처가 나 있는 나를 보며 금방이라도 뭔가 부숴 버릴 것 같은 표정이었다. 저놈이 내 눈앞에 있으니 마음이 더 아파진다. 너무 아파진다.

"집에 가자."

"싫어. 넌 됐으니까 저리 가. 박준영. 준영아, 이리 와. 나 좀 집에 데려다 줘. 응?"

왜 그렇게 눈물이 나는지 모르겠다. 아직도 내 귓가엔 박나리의 마지막 말이 메아리치듯 들린다.

"미친년아! 준성이랑 강연이랑 사귀었었어!!"

사귀었었어… 준성이랑 강연이랑 사귀었었어… 뭐야, 내가 둘 사이에 끼어들기라도 한 거야? 강준성, 날 왜 비참하게 만드는 거니…….

"박나리랑 윤강연이 너한테 왜 그런 거야?"

준영이는 무척이나 열받은 표정으로 날 바라보고 있었다. 이젠 말하기도 싫다.

"왜 병신같이 이렇게 맞았냐구! 씨발!! 꼴이 이게 뭐야!!"

"준영아, 준희 일으켜 세워. 내 등에다… 놔."

준영이는 나를 일으켜 세웠다. 뿌리치고 싶은데 뿌리칠 힘도 없다. 쓰러질 것만 같다.

"병신아, 울지 마. 너 울지 마. 알겠어? 내가 그년들 반 죽여놓을 테니까… 그러니까 참아. 알겠어?"

준영이의 목소리가 흔들리는 것 같다. 그래도 자기 누나랍시고 걱정하나 보다. 박준영… 고마워.

"강준성, 너 가."

"왜 그래, 도대체!!"

아침과는 다른 내 행동에 준성이는 미칠 것 같다는 표정으로 날 바라봤다.

"나리가 말했나 봐, 강연이랑 너랑……."

"됐어, 민이야. 말하지 마."

"뭔데?! 민이야!! 뭐냐구!!"

"준성이 너랑 강연이가 전에 사귀었다고… 강연이가 그걸 빌미로 준희한테 그런 건가 봐."

쨍그랑—

교실 거울이 깨졌다. 강준성 주먹에서 피가 떨어진다.

"어떻게 해……."

"대장, 괜찮아?! 지훈아, 손수건이라도 줘봐!"

옆에 있던 운균이가 놀라서 소리치자 지훈이는 주머니에서 손수건을 꺼내 운균이에게 주었다. 지훈이도 준성이 손에 흐르는 피를 보며 준성이를 다그쳤다.

"자식아, 아무리 화가 나도 그렇지 이러지 마."

"윤강연, 그거 미친년 아니야? 사귄 거 거의 협박해서 사귄 거라며? 박준희, 그년 말 믿지 마. 믿으면 네가 병신이야. 넌 그냥 네가 하던 대로 하면 되는 거라구!"

태민이는 나에게 소리쳤지만 나는 이미 지영이와 민이에게 들었다. 협박으로 사귀었던 그러지 않았던 강연이와 준성이 사이에 내가 꼈다는 것이 참을 수 없을 만큼 화가 났다. 운균이와 지훈이가 준성이의 다친 손을 손수건으로 감았지만 피는 멈추지 않았다. 손수건이 발갛게 물들기 시작했다. 준성이는 아무런 말 없이 나를 업었다. 싫다. 자꾸 눈물만 나는 내가 정말 싫다.

35

"형, 형 집으로 가. 집에는 내가 말 잘해놓을 테니깐. 이 상태로 집에 들어가면 우리 부모님 난리나셔. 상처가 너무 심해. 준희가 이러고 온 적은 한 번도 없어서 정말 난리날 거야."

"알았어. 너희는 얼른 교실로 가라."

준성이는 아무런 말 없이 나를 업고 간다. '너 수업은 어쩔 거니', '네 손은 어떡할 건데' … 아무리 물어도 대답을 안 한다.

"이러지 마… 나 힘들어."

아무런 대답도 없다. 강준성… 우린 잘되면 안 되는 거야? 우린 왜 이렇게 어긋나는 거야. 뭣 때문에 이렇게 되는 거야. 왜… 왜…….

모르겠다. 그렇게 미운 윤강연이 갑자기 불쌍하다는 생각이 드는 이유는 뭔지. 그 애도 모든 게 준성이를 좋아해서 그런 건데.

나도 윤강연처럼 좋아하던 사람이 있었는데. 민우… 그래, 민우. 민우가 보고 싶어진다. 민우를 좋아하지 않는다고 말하던 윤강연의 말이 자꾸 생각나서 마음이 아파진다. 그럼 민우는… 민우는 어떻게 되는 건데. 왜 이렇게 일이 꼬여만 가는 걸까.

준성이네 집으로 왔다. 준성이는 역시 아무런 말도 안 한다. 차라리 화라도 냈으면 좋으련만. 그렇다면 나도 마구마구 화낼 수 있을 텐데. 왜 윤강연이랑 사귀었냐고! 왜! 난 네가 윤강연이란 애랑 사귀었다는 것이 정말 싫은데… 왜 하필이면 그 아이였냐고 묻고 싶은데 저놈은 아무런 말도 하질 않는다.

옷 갈아입으라고 츄리닝과 티셔츠를 갖다놨다. 그리곤 말없이 테라스로 나간다. 힘들다. 온몸에 군데군데 멍이 들어 있다. 훗~ 많이도 맞았다. 어떻게 참아낸 걸까?

대충 옷을 갈아입고 누웠다. 자꾸만 눈물이 난다. 박준희 이렇게 약한 애 아니었는데… 정말……. 왜 이렇게 눈물이 나는 걸까? 팔로 눈을 가린 채… 한참을 울었다.

36

"약 바르자."

나를 일으키는 준성이를 아랑곳하지 않고 울기만 했다.

"울지 마… 울지 마! 울지 말라구!! 미쳐 버릴 것 같단 말이야!! 제발 울지 마! 제기랄! 바보같이! 도망치기라도 하지 그랬어!!"

"도망치기 싫었어. 도망치면 내 자존심만 더 상해. 차라리 거기서 맞는 게 나았어."

화를 낸 채 뒤돌아섰던 준성이가 내게로 다가와 나를 일으켜 안았다. 놈의 심장 소리가 들린다… 쿵쿵거리는 심장 소리가. 놈이 이렇게도 가까이 있는데 마치 너무나도 먼 곳에 있는 것 같아 눈물이 난다.

"미안하다… 미안해. 나 지금 미칠 것 같다. 많이 아팠지? 나 원망 많이 했지? 미안해. 미안해… 준희야, 미안해."

내게 끝없이 미안하다고 하는 준성이.

"다른 사람 말 듣지 마. 내 말만… 내 말만 믿어주면 안 돼? 나 너한테 거짓없이 모든 걸 얘기하는데… 누가 뭐라고 한들 아무 말도 듣지 말고 내 말만 믿어주면 안 돼? 응? 내 말만 믿어줘."

"화가 났어. 정말로… 어느새 나도 모르게 네놈이 좋아져 버렸는데… 그래서 민우까지 다 잊었는데… 못 잊겠다고 그렇게 날뛰던 내가 한순간에 모든 걸 잊어버린 채 네놈만 보기 시작하는데… 윤강연이랑 사귀었었다는 소리를 들었을 때… 윤강연이 날 원망하듯 말했을 때… 나도 내 자신이 원망스러웠어. 그렇게 일 년의 시간을 함께 했던 사람을 잊을 만큼 널 좋아한 내가… 내가 너무나… 원망스러웠다구."

"미안하다."

"흑… 강준성, 말해 봐. 너 진실만 말한다고 했으니까 말해 봐. 윤

강연… 윤강연 안 좋아했지? 응? 말해 봐. 너 나처럼… 나한테 하는 것처럼 그랬어? 말해 봐. 그랬냐고……."

사실은 질투였다. 이놈이 나한테 했던 모든 행동을 윤강연한테도 했을 것 같아서 화가 났다. 내 행동 하나하나에 얼굴까지 빨개지던 이놈이 자꾸만 생각나서 더 괴로웠다. 놈의 가슴팍을 두 손으로 치며… 놈을 원망했다. 놈은 다시금 나를 안아준다.

"바보야, 그랬다면… 내가 너한테 하는 것처럼 그랬다면 내가 윤강연이랑 헤어졌겠어? 그렇게 사랑하는데 내가 헤어졌겠어? 네가 맞았다는 소리에 머리가 돌 만큼 사랑했다면 내가 헤어졌겠냐구… 우는 모습에 마음이 아파서… 아파서 죽을 것만큼 사랑했다면… 왜 헤어졌겠어. 사랑하는데 왜 헤어져… 내 마음 그렇게 몰라?"

준성이의 두 손이 내 머리를 감싼다. 그치, 준성아? 너 나만 바라볼 거지? 그치?

"강준성, 약속해. 무슨 일이 있어도 내 옆에만 있겠다구. 넌 내가 싫어도 나 버리면 안 돼. 알겠어? 내가 버릴 거야. 네가 나 버리는 거 싫어. 슬퍼서… 싫어."

"그래, 약속할게. 난… 나 강준성은 박준희 버리지 않아. 약속할게… 약속해."

슬프다. 준성이의 말이 너무나 슬프게 들려와서 바보같이 또 울었다. 준성이는 내 상처에 약을 발라주며 괴로워했다. 아프지 않았냐구… 어떻게 참은 거냐구… 미안하다구… 다시는 이런 일 없도록 날 지킬 거라구…….

37

아침이다. 윽! 온몸이 다 쑤시네. -_-;; 정말 어제보다 더 쑤신다. 망할 것들… 너희들 다 죽었어. 날 이렇게 아프게 만들다니. 아이고, 삭신이야. T_T

"일어났어?"

"응. 벌써 일어났어?"

"밥 먹자."

준성이는 날 애기인마냥 조심스럽게 안아 들고 주방으로 갔다. 그러곤 조심스럽게 의자에 내려놓는다. 기분이 이상하다. *-_-*

"학교 안 가?"

"안 가."

"나는?"

"너도 가지 마."

"왜? -_-;;"

"가지 마."

"응. ——;;"

준성이가 차려준 음식을 먹었다. 죽도 끓일 줄 알고… 제법 했다. 얼~ +_+

"너… 손 괜찮아?"

"괜찮아."

"…나 이제 네 말만 믿을 거야."

겨우겨우 내뱉었다. 어제 밤새도록 나를 지켜주던 놈의 모습에 다짐한 일이었다. 그제야 놈은 환하게 웃는다. 나 이제 네놈만 믿으란다. 됐지?

준성이랑 하루 종일 집에만 있었다. 상처도 조금씩 나아지고 괜찮아졌다. 다행이다. 준성이의 간호 덕에 나은 것 같다.

나는 준성이의 보호 아래 무사히 택시를 타고 집 앞까지 올 수 있었다. 준성이는 내가 집에 들어가 내 방에 불이 켜질 때까지도 우리 집 대문 앞에 서서 바라보고 있었다. 멋찐 놈.

"이제 그만 가."

"잘 자고… 좋은 생각만 하면서 자. 알겠지?"

"응, 알았어."

"약 먹고 약 바르고 자야 돼."

"응. 걱정 마."

"집에 가서 전화할게."

"응. 조심히 잘 가."

"아니다. 잠 올 것 같으면 문자 보내. 그럼 전화 안 할게."

"아냐, 전화해. 기다릴게."

"그럴래?"

"응."

"알았다. 그럼 꼼짝 말고 침대에 누워 있어. 내가 집에 빨리 가서 전화할게."

"응. 잘 가."

"바람 들어간다. 빨리 문 닫아. 나 갈게."

"응."

뭘까… 마음이 울렁거려 문을 얼른 닫았다. 눈물이 난다. 저게 왜 저렇게 멋있는 거지. −_−;; 저놈이 저렇게 따뜻하게 나오니깐 나 정말이지 계속 눈물이 난다. 세상에 저런 놈이 또 있을까? 아냐, 없을 거야. 정말 없을 거다. 나 정말 너 사랑하면 어쩌냐? 정말이야. 네놈 없으면 놀릴 사람도 없고, 때릴 사람도 없고 나 심심해서 어쩌냐. 준성아. ^^;;

침대에 누워서… 20분쯤 지났을까? 전화벨이 울린다. 핸드폰 액정에는 놈의 캐릭터와 이름이 뜬다. '멋찐 놈'이라고. 집에 참 일찍도 갔다. 뭘 타고 갔길래 이렇게도 일찍 갔을까? 신기하다.

"응."

[나 집이야. 이제 얼른 자라.]

"알았어. 너도 빨리 자."

[준희야…….]

"응?"

[…잘자.]

"…응."

이런, 사랑한다고 말해 줄 줄 알았는데. 나쁜 놈. 사귀고 나서부터 한 번도 사랑한단 말 들어본 적이 없다. 좋아한다는 말조차 들어본 적 없는 것 같다. 제길. 진짜 나쁜 놈이네. 듣고 싶다. 놈 입에서 사랑한다는 소리. 진짜로 듣고 싶어서 죽겠다. 으~ −_−;; 내일은 학교를 가야 한다. 제기랄… 짜증나. −_−^ 휴—

38

교문 앞까지 준성이와 함께 왔다. 나한테 많은 신경을 써주는 준성이가 운균이는 재밌는지 자꾸만 놀려댄다. 못 말리는 놈. −_−; 오늘은 태민이를 볼 수가 없었다. 지훈이의 말로는 나리와 헤어져서 상태가 말이 아니라고 한다. 헤어졌구나. 나쁜 생각이겠지만 헤어지길 백 번 천 번 잘한 거다. 박나리 같은 인간이랑 사귄 태민이가 나는 너무 아까웠었다. 빨리 박나리를 잊고 예전의 태민이로 돌아왔으면……

"준희야, 괜찮은 거야?"

민이다.

"응. 괜찮아. ^^;;"

민이를 통해서 엊그제 내가 교실에서 쓰러져 자고 있을 때의 일들을 들었다. 지영이와 나리가 싸웠다니… 그렇다면 윤강연과 박나리는 뭐 하고 있지?

"지영이는?"

"아직 안 왔어."

"그래?"

축 처져 있는 민이를 위해 매점으로 달려갔다. 원래 기운이 없어 보일 땐 먹을 것으로 무장하는 것이 상책이다. -_-v 일부러 더 웃어 보이려고 노력하는 나를 알았는지 민이도 곧 밝아졌다. 다 나 때문에 이렇게 됐으니. 미안해지는군. ——;;

"준희야."

"응? 민우구나."

"얼굴에 상처는 뭐야? 무슨 일 있었어?"

"응? 아, 이 상처? 어제 가다가 넘어졌어. ^^"

"그랬구나. 조심하지 그랬니? 괜찮은 거야?"

"응. 괜찮아."

"준희야, 나 먼저 교실에 가 있을게. 얘기하고 와. ^^;;"

민이는 어색했는지 먼저 교실로 갔다. 민우와 나는 자리를 옮겨 벤치에 앉았다.

"휴……."

"무슨 일 있어?"

"요즘 강연이가 이상해서……."

"왜?"

"전화해도 받지 않고 행동도 많이 달라졌어. 이상해. 이러다가 갑자기 헤어지자고 하는 건 아닐지 모르겠어. 그래서 솔직히 힘들다."

기분이 이상하다. 민우한테 이런 얘기 듣고 있는 것이 너무 이상하다. 분명 몇 개월 전만 해도 이러지 않았는데.

"어제 갑자기 네 생각이 났어. 너도 많이 힘들었겠다는 생각이 들더라. 내가 아무 이유 없이 전화도 피하고 그러다가 너한테 아무 이유 없이 헤어지자고 하곤 또 전학까지 가버렸잖아. 이제 와서 말하는데… 미안했어. 정말 내가 한 만큼 벌받는 중인가 보다."

그렇게 말하는 민우의 얼굴에 금방 눈물이라도 떨어질 것 같은 느낌이 드는 이유는 뭘까? 민우가… 지금 민우가 예전의 나처럼… 강준성을 만나기 전의 내 모습처럼 힘들어하고 있다.

윤강연의 말이 또다시 생각난다. 민우를 좋아하지 않는다는 윤강연의 말. 그럼 민우는 어떻게 되는 거지? 윤강연이 강준성 때문에 민우한테 그러는 거라면 혼자 남는 민우는 뭐가 되는 거지? 뭐야, 그러면 민우한테는 남는 게 없잖아.

"…종 친다, 민우야. 힘든 일 있으면 전화해. 언제라도 갈게."

아직 내겐 일 년이란 정이 남아 있나 보다. 쉽게 지워지지가 않나 보다. 민우가 저렇게도 힘들어하는 걸 보니 마음이 너무 아프다. 나를 왜 떠났니 하는 생각마저도 든다. 나 버리고 갔으면 행복해야지… 나는 지금 너무 행복한데 정작 떠나 버린 넌 그렇지가 않잖아. 뭐야, 그럼 불공평하잖아… 불공평해. 민우야, 김민우… 너 왜 그렇게 됐니… 응?

39

그 이후로 학교에서 박나리와 윤강연을 볼 수가 없었다. 지영이의 말로는 둘이 같이 가출을 했단다. 아주 이것들이 쌍으로 미쳤구만. 얼굴 보고 갈궈주려고 했더니만 그럴 수도 없었다. ㅜ^ㅜ 나쁜 년들.

윤강연의 가출 이후로 민우의 우리 반 출현은 잦아졌다. 그런 민우한테 자꾸만 신경이 쓰이는 나… 어쩔 수가 없었다. 휴~

"준희야, 우리 오늘 영화 보자."

"응? 오늘??"

"응, 오늘. 약속있어?"

오늘 강준성네 가서 맛있는 것 해주기로 했는데 어떡하지? 어떡하지? 이런, 휴~ 맛있는 건 다음에 해줘도 되지 않을까? ——;; 그래, 다음에 해줘도 될꺼야. >.<

"그래, 영화 보자. 난 조금 늦게 끝날 것 같은데 너네 반 끝나면 먼저 표 끊어놓고 기다려. 빨리 갈게. ★^^★"

"알았어. 빨리 와라. ^^"

"응. ^^"

대답은 시원하게 했다만 마음은 영 시원치가 않다. 어휴~ 그래! 나랑 민우는 언제까지 친구일 뿐인데 뭐. 그래~ ^^

수업이 끝나자마자 민우를 만나러 가기 위해 교문을 나섰다.

헉!! 럴수럴수 이럴 수가!! 준성이 놈이 교문 앞에서 기다리고 있다. 이런, 젠장할. 학교가 가까운 것도 이럴 땐 안 좋은 거구나. -_-
이런, 쩝!

"가자."

"저기… 저기… 있잖아……."

"왜?"

"나……."

이런, 미안해지잖아. ㅜ^ㅜ

"나 오늘 중요한 약속이 생겨서 말인데… 맛있는 것은 다음에 해주면 안 될까?"

"무슨 약속?"

"응?? 어… 그게 전에 다니던 학교 친구가 놀러 왔다잖아."

민우랑 영화 본다고 하면 이놈 별의별!! 이상한!! 헛생각!! 다할 텐데. 안 되지. 흠.

"그래? 그럼 같이 만나면 되겠네."

"응?? 아니, 그 애가… 쑥스러움이 많아서 같이 가면 너의 그 외모에 실신할지도 몰라. 하하. ^^;;"

덥다. 진짜 덥다. 거짓말하는 것도 쉽지가 않구나. -_-;;

"그래, 알았어."

"미안해."

진짜 미안하다. 진짜 미안해. 민우가 너무너무 힘들어서… 그래서… 그래서… 그래서…….

"미안하긴. 재밌게 다 놀고 전화해라."

"응, 전화할게."

"가라. 늦겠다."

"넌 안 가?"

"애새끼들 기다리지 뭐."

"나 갈게."

"잘 가라."

정말로 찜찜하다, 정말로. 휴~ 맛있는 것 해준다는 내 말에 저놈 되게 좋아했는데… 그랬는데… 난 뭐야. 휴~ T_T

나는 강준성을 뒤로하곤 민우가 기다리는 극장 앞으로 갔다. 강준성의 약속을 지키자니 혼자 남은 민우가 가엾게만 느껴져서 그럴 수가 없었다.

40

"영화 재밌었다. 그치?"

"으… 응. 재밌다."

"이제 우리 뭐 할까? 너 하고 싶은 거 있어?"

"응? 아니. -_-"

"우리 커피숍 갈까?"

"그래, 그러자."

우린 커피숍에 갔다. 민우는 간혹 아주 슬픈 표정을 짓곤 했다. 아마도 윤강연 때문이겠지.

"기억나?"

"뭐가?"

"우리 작년에 커피숍에 아침 일찍부터 와서 끝날 때까지 내내 같이 있었던 것 말이야."

"으응, 기억나. 우리 돈도 없어서 커피만 시켜놓고 그랬지? 헤헤~ 그때 주인 언니랑 알바생들이 째려보고 난리도 아니었는데. ^^;;"

"그래, 지금 생각해 보니까 진짜 재밌었다. 그치?"

"응."

"그때로 다시 돌아갔으면 좋겠어."

"응??"

내가 잘못 들은 거겠지. 민우야, 그러지 마. 나 더 이상 흔들리게 하지 마.

"아냐, 아무것도. ^^;; 준희야, 내 부탁 하나만 들어주라."

"뭔데?"

"우리 다음주 토요일 날 인천 가자."

"인천?"

"응. 인천 가면 친구들도 있고 좋잖아. 그리고 그때 거기 커피숍도 가보자."

"……."

"왜? 싫어? 약속있니?"

"아니아니, 그래, 가자. 재밌겠다! 애들 만나서 놀면 진짜 재밌겠다!"

"하하, 맞아. ^^ 수완이도 부르고, 정윤이도 부르자. 아마 우리 둘이 같이 온 줄 알면 애들 엄청 놀랄 거야. 그치?"

"응, 아마도. ^^"

"다음주 토요일이다! 약속 잡기 없기다!"

"당연하지!"

"그럼 우리 전철역 앞에서 4시까지 만나기로 하자."

"응."

별다른 약속도 없고 해서 약속을 잡았다. 몇 달 만에 가보는 인천 아닌가. -0-

우와 ~정윤이 잘 있겠지? 아마도 수완이랑 잘 있을 거야. ^^ 보고 싶다. 우리 넷이 정말 재밌게 지냈었는데. 매일 월미도에서 살다시피하고, 노래방 아저씨랑 엄청 친해서 밤새도록 노래 부르고, 놀고 그랬는데… 그립다.

"준희야, 우리 술 마시자."

"술?"

"참, 너 술 못 마시지. 그럼 넌 내 말동무나 해줘."

"왜 그래? 무슨 일 있어?"

"일이 있긴 그냥 술 생각이 나서……."

우린 커피숍을 나와 민우가 잘 아는 단골집으로 갔다.

아무래도 무슨 일이 있는 것 같았다. 연속 몇 잔을 비워대는지 모르겠다. 그런 민우가 금방이라도 쓰러질 것마냥 위태위태해 보였다.

벌써 두 병을 비우려는 민우. 말동무나 해달라더니 나한텐 말도 안 걸고 혼자 술만 먹는다.

"너 나랑 있으면 남자 친구 열받는 것 아니야?"

"괜찮아. 우린 친구데 뭐."

"맞다, 우리 친구지."

아무튼 민우는 정말 이상했다. 요즘 들어 부쩍 이상해 보인다. 강연이가 무슨 말이라도 한 걸까?

6
나는 기억할게··· 너는 잊어

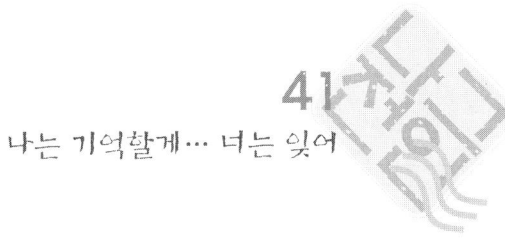

41
나는 기억할게… 너는 잊어

"어제 강연이 만났어."

"정말? 학교 왜 안 온대?"

"학교 오기가 힘들대."

"왜?"

"…이런 말 한다고 해서 나 미워하지 마."

"무슨 말인데?"

민우가 무슨 말을 할지 대충은 예상할 수 있었다. 아무래도 준성이와 관련이 있겠지.

"강준성 그 새끼 때문에 너무 힘들어서 못 오겠대. 제길."

내 예상이 빗나가길 바라고 있었는지도 모른다. 민우의 말에 답답해졌다. 아무런 대꾸도 할 수가 없었다. 민우도 알고 있겠구나. 윤강연이 준성이를 좋아하는 것, 그리고 전에 사귀었다는 사실도. 정말 꼬여만 가는구나. 너도 내가 윤강연을 싫어하는 것만큼 준성이를 싫어하겠구나. 준성이 좋은 놈인데… -_-;;

"어디 있대?"

"집."

"집?"

"응. 강연이 집에 있으면서도 학교 안 나오는 거야."

"네가 잘 설득해 봐."

민우는 나와 윤강연이 싸웠다는 것을 모르는 눈치 같다. 그래, 모르는 게 편할 거야. 모르는 것이 어쩌면 민우를 위하는 길일지도 몰라.

"홋~ 강연이가 내 말을 듣는다고? 절대 아니야. 난 강연이를 알아. 강연이가 다른 이의 말을 듣는다면 그건 인정하기 싫지만 강준성밖에 없어."

"휴……."

"알고 있었어. 강연이가 강준성을 좋아하고 있는 것, 좋아하면서도 나한테 사귀자고 한 것. 알아. 난 그저 강준성의 관심을 일으킬 때만이 필요한 존재라는 것도 알아."

"아니야, 민우야. 왜 그렇게 생각해?"

"나리와 태민이가 사귀면서부터 강연이도 그놈들이랑 친하게 지냈어. 내가 올 때까지만 해도 얼마나 친했다고. 강연이는 그때가 제일 행복했었다고 했어. 그때로 돌아가고 싶다고 하더라. 언제부턴가 준성이랑 강연이 사이에 틈이 생기기 시작했대. 점점 멀어진 뒤 준성이는 너랑 사귄 거고."

내가 오기 전 둘 사이에 도대체 무슨 일들이 있었던 걸까? 나는 누구의 말을 믿어야 하지? 휴… 뭐야. 뭐가 이렇게도 복잡한 거야. 아니야… 아니야!! 강준성이 자기 말만 믿으라고 했어! 분명히 그랬어! 그럼 나는 그렇게 하기만 하면 되는 거야.

"…실은 나 어제 강연이랑 헤어졌어."

결국은 내가 바라지 않던 일이 일어나고 말았다. 상처다. 이 사람도, 저 사람도 결국은 상처밖에 남은 것이 없다.

"아니지. 내가 차였어."

아무런 말도 안 나온다. 내가 과연 민우한테 무슨 말을 해줄 수 있을까.

"제길! 진짜 좋아하는데 강준성 그 새끼 때문에 난 늘 되는 일이 없었어! 나는 정말 그 새끼가 싫어!"

그때였다. 내 핸드폰에 벨이 울리기 시작했다.

[멋찐 놈.]

준성이의 전화였지만 받지 못했다. 곧바로 다시 전화가 왔지만 이번 역시 받지 못했다. 배터리를 빼서 가방에 밀어 넣어버렸다.

민우는 술에 많이 취해 있었다. 그런 민우를 데리고 그의 집까지 찾아가느라 고생했다. ――;; 끝내 민우는 울었다… 민우가 운다.

"민우야, 집에 들어가."

"……."

그렇게 울지 마. 그렇게 내 앞에서 약한 모습 보이지 말아줘. 너를
보낸 내 마음 아프게 만들지 마. 나… 이제야 사랑하고 있단 말이야.
이제야 겨우 널 잊고 사랑하고 있는데 이렇게 힘든 모습 보이면 나는
어쩌란 말이야.

"나 갈게."

집으로 가기 위해 몸을 돌리는 순간 민우가 내 손목을 잡았다.

"가지 마, 준희야. 너까지 강준성한테 가지 마… 가지 마. 강연이
는 준성이한테 갈 거야. 강준성이 학교 나가라고 하면 다시 나갈 애
라고! 나한테 절대로 다시 오지 않을 애야!"

민우야… 민우야, 그런 말 정말 하지 말아줘. 나도 강준성을 좋아
한단 말이야. 윤강연이 절실한 만큼 나도 그놈이 이제는 절실하단 말
이야. 강연이의 사랑만 말하지 말아줘.

"강연이는 아빠가 안 계셔. 어릴 때 돌아가셨어. 몰랐지? 지금 엄
마랑 같이 사는데 엄마는 술집에서 일하시는 탓에 아주 늦게 들어오
셔. 나리네 부모님은 이혼했고. 그래서 둘이 그렇게 감싸고 도는 거
야. 아무리 잘못하고 그래도 나리랑 강연이는 항상 서로를 감싸. 태
민이랑 깨졌다고? 훗, 다시 사귀어. 태민이는 나리 절대 못 버려. 절
대."

한숨만 나온다.

"강연이 행복하게 해주고 싶었어. 그런데 잘 안 되더라. 강연이가 어제 그랬어. 자긴 강준성한테 가야지만 행복하대. 자기 존재가 강준성에게 친구든 뭐든 상관없이 자길 보며 웃어주면 그걸로 좋대. 그러면서 나한테… 나한테 부탁한대. 내가 어쩌면 좋겠니?"

"민우야, 미안해. 나 갈게."

정신없이 뛰었다. 두 눈에선 쉴 새 없이 눈물이 나온다. 나 혼자만 행복하기 위해 너무나 애쓰는 것은 아닌지… 내 행복을 위해 어쩌면 이렇게까지 발버둥을 치는지… 어떻게 해야 할까. 나도… 나도 강준성 좋아하는데. 아니, …아.니. 사랑하는데. 하지만 윤강연이 너무 가엾다. 윤강연처럼 나도 한 사람으로 인해 힘들고, 그 사람만 있으면 된다는 생각을 한 적이 있었으니까. 윤강연이 그렇게 힘든 생활 속에서도 지탱할 수 있었던 건 강준성 때문일 테니까.

42

새벽같이 집을 나섰다. 눈은 엄청 심하게 부어 마치 붕어 눈 같다. 미친 사람처럼 마구 뛰어서 교실까지 왔다. -_-;;

어제 집에 가서 핸드폰을 켜봤을 때 웁스 -_-; 음성 5개, 문자 10개, 호출 17개. 하지만 나는 그놈한테 전화를 해줄 수가 없었다. 보고 싶다. 놈의 얼굴이 내 눈앞에서 두리둥실 떠다니는 것 같은 환상마저도 보인다. ——;; 몰래 그놈 교실까지 가서 훔쳐보고 올까? -0- 한심한 인간 박준희. 내 남자 친구인데… 강준성은 내 남자 친구잖아. 뭐가 문제냐, 엉? 남자 친구 얼굴을 여자 친구인 내가 본다는데 무슨 상관이야? 그래, 결심했어! 강준성 보고 올 거야!! >_<

대림 공고 녀석들 열심히 등교 중인가 보다. 나도 열심히 놈을 기다렸다. 10분쯤 기다렸을까? 혼자 걸어오는 놈이 보인다. 보고 싶었어. ——^

"반가워. >_<"

"눈이 그게 뭐냐?"

"으응??"

"눈이 왜 부었어?"

"어제 라면 먹고 잤어."

"전화는 왜 그렇게 안 받아?"

"응? 전화 받으려고 하니깐 배터리가 방전돼서 끊어지더라구."

"그랬냐? 친구랑은 재밌게 놀았어?"

"으응."

"다음주 토요일 날 약속 잡지 마라."

"응! 알았어. 공부 열심히 해."

"오냐."

놈의 얼굴을 보니 기분이 좋아진다. 다음주 토요일 날에 데이트하려나 보다. 흥흥. 다음주 토요일. 히히. ^0^ 다음주 토요일… 토요

일… 다음주… 헉! 오, 마이 갓! 신이시여! 정령 저를 죽이시려나이
까!! ㅡ0ㅡ

"다음주 토요일이다! 약속 잡기 없기다!"

민우와의 약속. 나는 나의 머리통을 잡고 무척이나 흔들어댔다. 내
머리의 한계인가, 아니면 드디어 내가 미쳤단 말인가? 웃으며 말하
던 민우 얼굴이 생각난다. 내게 인천 가자며 환하게 웃던 민우 얼굴
이 자꾸만 생각난다. 요즘 민우 많이 힘든데… 가뜩이나 힘든데. 어
흑. ㅜ^ㅜ 그렇담 준성이는 어떡해… 쪼다, 병신, 거지, 말미잘, 똥개,
등신, 해삼, 멍개.
　아, 아무래도 민우한테 다음에 가자고 해야겠다. 준성이와의 약속
을 또 어길 순 없다.

43

하, 글쎄 오늘이 빼빼로 데이란다. 원래 이런 거에 둔해서 잘 모르
는데. 발렌타인 데이 있으면 됐지 빼빼로 데이는 또 뭐냐고. ㅡ_ㅡ 하
지만 빼빼로를 안 사주면 강준성이 좀 서운해하겠지? 조금 있다가
빼빼로 들고 교문 앞에서 기다려야겠다. 그럼 좋아할 거야. ^ㅁ^
　교실로 들어서자마자 지지배들 난리가 났다. 발렌타인 데이도 아

니구만 어떤 지지배는 엄청 큰 바구니에다가 별의별 걸 다 넣어서 왔다. 대림 공고에 있는 남자 친구 줄 거란다. -_-;; 주여! 강준성이 저 바구니를 보지 못하게 하소서. 그놈 성격에 안 그런 척해도 소심하여 삐칠 터, 안 봐도 영화를 찍으니 넓은 아량으로 그놈의 눈을 가려주시옵소서. 아멘. 오~ 할렐루야!

삐익—

[준희는 좋겠다. >_<]

뭐야, 이거 운균이 자식 아니야? 뭐가 좋겠다는 거야?? 나참, 이놈은 아직도 하얀 병원 안 가고 뭐 하냐.

삐익—

[멍청해. 등신. 쪼다.]

헉. 이런 망할 놈의 동생 놈이 있남? 박준영! 이게 또 문자로 사람 속을 박박 긁어놓는다. 이거 미친 것 아니야? 아, 열받는다. -_-^ 헉, 저게 뭐야. +_+ 민이의 의자 밑에 뭔가가 있다. 커다란 종이 가방이군. 혹시…

"민이야!!"

"아! 깜짝이야."

"너 발밑에 그거 뭐야?"

"응? 그, 그게……."

"한번 보자!!"

"응? 아, 안 돼!!"

나는 민이가 대답하기도 전에 이미 종이 가방을 보고 있었다. 가방 안엔 하트 모양의 박스가 들어 있었다. -_-v 무척이나 예뻤다.

"있잖아~ 으흐, 혹시 이거 박준영 거야? 흐흐~"

"으… 응, 준영이 주려고……. /-//-/"

"으하하~ 예쁘다. 그런데 이거 줄 때 강준성 몰래 줘야 한다."

"왜?"

"왜냐하면 그건 말이지! 하하~ 내가 아무것도 안 줬거든."

"정말? 이런! 여자 친구면서 너무했다."

"-_-;; 그런가?"

"응. 이거 좀 줄까?"

"응? 아냐아냐. (ㅡㅡ)(ㅡㅡ)(ㅡㅡ)"

사실은 좀 달라 하고 싶었으나 민이의 표정을 보아하니 달라고 하면 주긴 주겠지만 혼자서 울 것 같아서 말았다. 미안하잖아. 쳇. 이런 날은 누가 만든 거야!!

강준성 그놈 기죽으려나? 하긴 빼빼로 받은 남자애들이 엄청 자랑할 텐데. 쩝. ㅡㅡ;; 아니야! 강준성 너는 발렌타인 데이를 기대하거랏! 이 누님이 신경 좀 팍팍 쓰시겠다. 하하~

매점에서 빼빼로를 그런대로 많이 사 와서 민이가 준 포장지로 나름대로 귀엽게 포장했다. -_-v 으흐~ 이제 한 시간 후면 집에 간다. 얼른 줘주고 싶은걸.

드르륵—

그때 교실 뒷문을 열고 한 남정네가 들어왔다. 뭐야!! +_+ 택배 직원 같은 복장… 아니지, 그러니까 택배 직원이었다. 나는 그때까지도 우리 반 지지배 남자 친구 중에서 한 명이 보낸 건 줄 알았다. 누군지 모르겠지만 좋겠군. ——^

"우와~ 뭐야? 좋겠다!"

"그러게! 누구야?"

우리 셋은 주인공이 궁금해서 반 아이들을 쳐다봤다. 대체 누구 것인가?? −_−

"여기 박준희 씨 계십니까?"

"네에?!"

당황했다. 박준희? 내가 박준희인데. 우리 학교에 박준희란 이름이 나 말고 또 있나? −_− 거참, 이상하군.

"박준희 씨세요?"

"네? 네. −−★"

"이거 받으세요. 선물입니다."

"네에?"

정녕 나란 말인가? 이 믿을 수 없는 현실 앞에 나에겐 오직 흥분하는 지영이와 민이만 보일 뿐이었다.

"그럼 좋은 하루 되세요."

"아, 네."

택배 아저씨는 빼빼로와 꽃바구니를 건네주고는 가셨다. 뭐지? 당황한 내 가슴을 애써 진정시키고 옆에서 기절하려고 하는 지영이와 민이도 더불어 진정시켰다. 지지배들은 내 주위에 뻥 둘러서서 구경하느라 바빴다. 엄마! 나 떴어. >_< 애써 티를 안 내려 하지만 사실은 기분 엄청 좋다! 우하하!! 으하하!! ^0^

"준희야, 카드다!! 한번 봐봐! 누구야? 준성이 아니야?"

"설마. -_-;;;"

강준성 그놈이 이걸 했다고? 그건 절대 아닐걸. 하지만 카드를 펼쳐 본 나는 정말정말 너무 깜짝 놀라고 말았다. 솔직히 18년 동안 이런 멋진 일은 처음이다. 한 번도 이런 일 없이 늘 구경만 했는데 정말 나한테도 이런 일이 생기다니. 내일부터는 해가 서쪽에서 안 뜨면 고마워할 거다. ^ㅁ^;;

44

To. 준희

또 느끼하다고 하는 것 아니지? 오늘이 사랑하는 사람끼리 빼빼로 주고받는 날이라는 놈들의 말을 듣곤 길을 가는데 빼빼로를 보니깐 네 생각이 나잖아. 그래서 샀다. 마음에 들지 모르겠구나. 사귀고 나서 꽃 이후로 너한테 처음으로 주는 선물 같다. 그래서 더 주고 싶었는지도 모르지. 옆에서 운균이 놈이 지랄해서 그만 써야겠다. 준희야, 지금처럼 늘 내 옆에 있어줘라.

From. 준성.

눈물이 핑, 아주 핑 돈다. 이놈 영화 많이 봤나 보다. 그러니 이런 멋진 짓만 골라서 하지. 난 역시 너뿐이야. ㅠ_ㅠ 정말 모 CF 광고의 대사가 생각난다. '우리 그냥 사랑하게 해주세요.' 내가 하고 싶은 말이다. 민우야, 윤강연아, ㅜ_ㅜ 우릴 그냥 내버려 두면 안 되겠냐? 어흑.

수업이 끝나자마자 자꾸만 한턱내라는 지영이를 물리친 후 공고 교문 앞에서 놈이 나오기만을 기다렸다. 생각해 보니깐 저번 장미꽃과 카드 사연처럼 이 빼빼로 바구니에도 얽힌 사연이 있을 것 같다. 으흐~ 재미있겠다!! +_+ 집에 가서 준영이 놈한테 물어봐야지. 참, 오늘은 준영이 놈 손에도 빼빼로가 들려 있겠군. 엇! 놈이다. ^^

다른 애들은 온데간데없고 촐싹이와 준성이만 촐랑맞게 걸어오고 있었다. 이운균, 제발 그렇게 뛰지 좀 마라. 정말 촐싹맞아 보여서 마음 상한다. 한두 살 먹은 꼬마도 아니고 왜 저리도 촐싹맞게 뛰는 거야, 대체. -_-;;;

준성이는 내 손에 들려 있는 바구니를 보더니 얼굴이 빨개졌다. 으하하!! 정말 재밌어. >.<

"준희야, 그거 받았어? 으하하~ 어제 준성이랑 돌아다녔는데 진짜로!! 어흡!"

"이운균, 집에 안 가냐? 헛소리 말고 어여 가, 어여."

"캑캑. 숨 막혀서 죽는 줄 알았잖아. 대장은 그렇게 본처를 죽이고 싶은 거야? >_< 아무리 첩이 좋다고 해도 어쩜 나한테 이럴 수 있어. 캑! >_< 알았어!! 가면 될 것 아니야!! 준희, 안녕~ 참참, 대장~ 이따 저녁에 와인 준비하고 있을 게요. >_<"

"야! 너 죽을래! 안 가?!"

"아잉~ 나를 너무 사랑하는구나?"

"이운균!!"

"알았어, 대장. 나는 이만 목욕 재계하러 갈게."

또라이. 촐싹이만 보면 생각나는 단어가 또라이밖에는 없다. 어쩜 저렇게도 또라이라는 말과 잘 어울릴까? 굉장하다. +_+

강준성은 또 아무 말도 않고 그저 걷기만 한다. 역시 또 쑥스러운 게야. 참 별종이다. 저런 놈이 키스는 어떻게 할까? 별종. -_-

"나는 좋은 것 준비도 못했는데……."

"응? 내 꺼도 있어??"

"으응. 자, 이거. 미안해, 별로 안……."

"우와~ 이거 나 주는 거야? 이거 내 꺼야?"

"응? 응. 그거 네 꺼야. T_T"

빼빼로를 주는 내 손이 갑자기 부끄러워진다. 이놈 너무너무 좋아해서 괜히 더 미안해진다. 난 진짜 나쁜 년이야. 흑흑. ㅠ_ㅠ

"난 네가 줄지 몰랐다."

"저기… 그렇게 안 좋아해도 되는데."

나 정말 미안해져서 어디론가 숨고만 싶다.

"준영이가 너 이런 짓 잘 안 한다고 해서 기대 안 했는데 내가 서방이긴 서방인가 보다. 하하~"

나는 준성이한테 너무나 잘못하고 있는 것 같다. 민우 일도 그렇고 너무나 착한 준성이한테 죄를 짓고 있다는 생각이 들었다. 잘해줘야 하는데… 저런 사람 이젠 없을지도 모르는데. 그런데… 그런데 왜 저놈한테 가려고 하면 자꾸만 틈이 생겨 버리는 걸까? 왜… 나도 저놈이랑 행복하고 싶은데…….

"준성아, 겨우 그거 받고 그렇게 좋아?"

나는 엄청 좋아하는 놈에게 물어봤다. 그러자 이놈…

"어떤 놈이 자기 여자한테 선물 받고 안 좋아하겠냐?"

이런다.

"그래. 있잖아, 내가 다음엔 더! 더! 좋은 것 해줄게."

그러자 이놈 또 나를 감동케 했다.

"됐어. 그런 게 뭐가 중요해. 나는 네가 날 생각해서 준비했다는 것 자체가 중요해."

아무래도 강준성 저놈은 전생에 천사였나 보다. 다른 놈들은 저놈 보고 싸가지다, 재수없다, 싫다 그래도 내 눈에는 천사로 보인다. 어쩌면 저렇게 순수한 아이처럼 좋아할 수 있는 걸까? 내가 저놈한테 그렇게도 소중한 존재인가? 걸어가면서 입이 귀까지 찢어진(?) 그놈의 얼굴을 힐끔힐끔 바라보았다. 더 미안해진다. 앞으로는 미안해질 일이 없었으면 좋겠다.

처음으로 먼저 다가가 준성이 놈의 손을 잡았다. 내 행동에 놀랐는지 나를 내려다보더니 또 웃는다. 그리곤 손을 깍지 껴 더 꽉 잡는다. 준성아, 사랑해. 진짜로.

"준희야, 너 노란 손수건이라는 책 읽어봤냐?"

느닷없이 웬 노란 손수건. -_-;;

"한 남편이 죄를 지어서 4년 동안 감옥 생활을 하게 되지. 아이를 돌볼 수 없고, 힘들 때 옆에 있어주지도 못하는 날 용서할 맘이 있다면 마을 어귀에 있는 참나무에 노란 손수건을 매어두라고 부인에게 부탁을 하거든? 석방되던 날 버스를 타고 참나무 앞에 오자 그 나무에는 노란 손수건이 주렁주렁 매달려 있었다는 게 아니냐! 진짜 감동적이지 않냐? 그 마누라 짱이지?"

어쩜 그리도 감동적인 '노란 손수건'이 이놈이 말하니까 황당하게 들려오는 걸까. -_-;;; 정말 설명을 해도 자기랑 똑같이 하고 있는지. 이럴 때 보면 운균이랑 친한 이유를 알 것만 같다. ㅡ,.ㅡ

"준희야, 너도 혹시 나 감옥 가서 4년 살다 오면 그 책에 나오는 마누라처럼 그럴 수 있냐?"

퍽!

내 주먹이 바로 놈의 머리를 강타했다. 빌어먹을 놈. -_-^ 꼭 말을 해도.

"너 살짝 돌았냐? 미친 것 아니야? 쓸데없는 말 자꾸 할래? 엉?"

"하하~ 그냥 말이 그렇다 이거지. 흥분하지 마. ^^*"

흥분 안 하게 생겼냐!! 아오. -0-

"준희야, 나는 너한테 그런 사랑을 줄 거다. 4년간 그 마누라가 남편을 기다린 것처럼 나도 너 그렇게 사랑해 줄게."

"만약에 내가 딴 놈이랑 바람피워도 +_+ 지금처럼 사랑해 줄 거냐?"

"지나가는 바람은 괜찮아. 걱정 마! 나 그렇게 속 좁은 놈 아니잖아! 하하~ 그냥 그 새끼 확 패버리고 다리 하나 절단해 놓은 다음 다시는 얼굴 못 들게 뭉개 버리면 돼. 하하하."

"뭐야, 그게."

그럼 그렇지. 너 그렇게 말할 줄 알았다. -_-;;

"그럼 이렇게 하자. 준희 너는 나한테 미안해서 돌아오지 못하고 방황할 수도 있으니까 내가 우리 집 앞 나무에다가 노란 손수건을 주렁주렁 매달아놓을게. 어때? 내 생각 죽이지? 그럼 너는 내가 용서한 거니까 그땐 꼭 내 옆으로 와야 한다! 알았지?"

"풋! 바보. 무슨 영화 찍냐? 웃겨."

"진짜다! 내가 언제 거짓말하는 것 봤냐?"

"알았어, 알았어. 그럼 나 그것만 보면 용서한 줄 알고 너한테 찢어질 것 같은 미소를 지으며 달려가면 되는 거지? 그치?"

"당연하지, 임마! 넌 그냥 오면 되는 거야."

정말 한번 그래 볼까 보다. 키키. 아니지, 나 때문에 한 생명을 죽일 수는 없지. 저놈은 한다면 하는 놈이니까 정말 죽을 만큼 팰 수도 있어. -_-; 절대 바람 같은 건 피우지 말아야지. 하하하. 그래도 왠지 감동스러운걸. ^0^

45

    소문에 태민이와 나리가 다시 사귄다고 한다. 헤어지길 바라는 내가 잘못된 것인 줄 알면서도 나는 그 둘이 하루빨리 헤어지기를 바라고 있다. 태민이가 부쩍 요즘 들어 웃질 않는다. 예전과는 달리 재밌는 말도 안 하고 그저 인상만 쓰고 있을 때가 많았다. 그런데 그날 이후로 지영이 또한 웃지를 않는다는 것이 문제였다. 끙. ㅡㅡ 사태가 생각보다 무척이나 심각했다.

"지영아, 어디 아파?"

"아니."

"아니면 무슨 일 있었어?"

"없었어."

"그런데 왜 그래? 응?"

"나한테 무슨 일이 있겠어. 너 멍든 데 많이 낫구나?"

"응. 나는 괜찮은데 너나 태민이 둘 다 왜 그래?"

"태민이는 왜? 나리랑 다시 사귄다며? 그럼 됐지."

"그러게 말야. 고민있나 봐."

"고민… 그래, 고민이 있겠지."

"괜히 나 때문에 모든 일이 이렇게 된 것 같아. 휴~"

"우리 오늘 술이나 한잔할까?"

"그으래~ 민이랑 셋이서 한잔하자!"

우리는 수업이 끝나고 남문에서 만나기로 했다. 옷을 갈아입기 위해 서둘러 집에 왔는데 오자마자 전화벨이 울렸다. 민우였다.

"응? 민우야?"

[집에 왔어?]

"응. 근데 약속이 있어서 나가려고."

[그렇구나. 나 지금 수완이랑 정윤이랑 통화했는데 다음주에 시간 된다고 보자고 하네. 정윤이는 같이 만나자고 하니깐 되게 좋아하더라.]

"응? 어어… 그래……."

[응! 기다려지지 않아? 재밌을 것 같아.]

어쩔 수 없다. 못 간다고 사실대로 말해야겠다. -_-

"민우야, 미안한데 실은 나 다음주 토요일 날……."

[여보세요? 준희야, 잘 안 들려!]

"여보세요?"

[응. 이제 잘 들린다. 뭐라고 했어?]

어떡하지. 어떡하지. 말해야 되는데 망할 놈의 전화기가 왜 타이밍을 끊고 난리야! -_- 엄청 용기 내어 말한 건데. 제길. ——^

[정윤이는 외출 금지라서 못 나오는데도 목숨 걸고 우리 만나러 온대.]

"진짜?"

정윤아, 외출 금지면 그냥 못 나온다 하지 뭐 하러 너의 아까운 목숨까지 걸고 만나러 오니. 아이고, 정윤아. ——;;

[응! 장하지 않냐?]

"그러게……."

장해도 너무 장해서 미치겠다. 그다지 장한 모습 보여주지 않아도 좋은데.

[재밌게 놀고 다음 토요일이다!! 잊음 안 돼!]

"응. 그래, 알았어."

제기랄! 말 못했다. 정윤이 아빠 진짜 무서우신데도 불구하고 목숨까지 걸며 나온다는데 어떡하지? 이런, 안 되겠다. 아무래도 준성이는 그 다음주로 하는 게 좋을 듯. -_-;; 이렇게 쉬운 방법이 있었는데. 하하. ^^;;

8시가 좀 넘어서 남문에 도착했다. 약속 장소인 극장 앞에는 민이와 지영이가 벌써 와 있었다. 지영이는 역시 기분이 안 좋아 보인다. 서로 어색하게 웃으며 최대한 지영이의 기분을 건들지 않기로 했다.

술집에 들어선 우리들. 빨리 술 시키자는 지영이의 간절한 눈빛에 얼른 주문을 했다. 곧 술이 등장하자 지영이는 엄청난 속도로 엄청나게 마시기 시작했다.

잠시 후… 나와 민이는 너무나 슬픈 지영이의 사랑 이야기를 들을 수 있었다.

46

테이블 위에는 엄청난 술병들이 나뒹굴고 있다. 벌써 11시다. 지영이는 두 시간 동안 술만 마셨다. 나와 민이 둘이서 떠들었다고 해도 과언이 아니었다. 가끔씩 걸려오는 준성이의 전화, 그리고 가끔씩 준영이에게 전화 거는 민이. 그게 전부였다.

"나 사실은… 사실은 말이야."

지영이가 정말 오랜만에 말을 한다. 무슨 말을 하려 하기에 저렇게도 힘들어 보이는 걸까?

"지영아, 우리 친구잖아. 뭐든지 말해도 되잖아. 무슨 일이니? 말해 봐. 응?"

민이의 말에 지영이는 천천히 입을 열었다.

"내 중학교 때 성격은 이렇지 않았어. 말이 없는 소극적이었어. 중학교 때 좋아하는 녀석이 있었는데… 그 애는 항상 소위 노는 애들하고만 다녔어. 그래서 좀처럼 다가갈 수가 없었거든. 그냥 멀리서 보는 게… 그게 전부였던 것 같아. 그랬지, 아마도……. 그런데 어느 날 선배랍시고 돈을 달라고 하는 애들한테 맞은 날이 있었는데 그 애가 지나가다가 날 발견하고 그 애들을 엄청나게 때렸어. 그러곤 나한테 그러더라. 이런 애들한테 맞으면 네가 병신이야… 너무 말이 없으면 널 더욱 깔보게 될 뿐이니 활발하게 하고 다녀… 내게 충고 아닌 충고를 하고 갔지. 그때 이후로 그 애를 더욱 좋아하게 되었어. 그러면서 학년이 바뀌고 나는 점점 활발해져 갔지. 외모도 바꾸기 위해 길었던 머리도 자르고… 나는 완전히 달라져 갔지. …내가 가장 슬펐던 날이 언제였는지 알아?"

지영이는 끝내 눈물을 보였다.

"졸업식 날이었어. 그 애랑 헤어지던 날… 그날. 한 번도 좋아한다고 고백도 못했는데 졸업을 해버린 거야. 그러곤 고등학교에 입학했지. 어느 날 그 애가 대림 공고 교복을 입고 친구들이랑 가는 모습을 봤어. 그때 너무 기뻐서 하늘을 날아오를 것만 같았어. 이렇게라도 볼 수 있겠구나 하는 생각에 너무 좋았어. 그 애한테 나란 존재를 알리고 싶은 맘에 무작정 이벤트 서클에 가입했어. 그 뒤로 춤 연습만 죽어라 했지. 축제 때 댄스를 선보인 덕에 그 애가 날 바라보게 된 거야. 그 뒤로 그 애랑 아는 척을 하고 지냈어. 정말 너무 기뻤지. 고백해야지… 고백해야지 하면서도 그 애 앞에만 서면 왜 아무 말도 못하는지… 내가 봐도 참 바보 같았어."

애기를 들으면서 혹시 준성이를 좋아하는 게 아닐까 하는 생각이 들었다. 심장이 뛴다.

"그런데 그 애랑 나는 맺어질 수 없는 인연이었나 봐. 글쎄, 그 애한테 여자 친구가 생긴 거야. 난 우리 학교에 다니는 그 여자애가 너무 미웠어. 그 애는 재밌고 어떤 누구보다도 더 활발한 애였지. 언제부터인가, 그 애는 여자 친구 때문에 늘 힘들어했어. 내가 보는 그 애는 너무 지쳐 보였거든. 그 여자애가 너무도 미웠어. 그 애를 힘들게 하는 그 여자애가 너무 미워서… 그래, 진짜 너무 미웠어."

지영이는 어느새 얼굴을 감싼 채 엉엉 울었다. 나도 자꾸만 눈가에 눈물이 맺히려고 했다. 어쩌지? 지영이가 너무 가여웠다.

"지영아, 너 혹시 해서 하는 말인데… 그 애가 태민이야?"

뜻밖에 민이의 말. 태민이?? 태민이라고는 한 번도 생각해 보지 않았다. 맞다, 태민이… 그렇다면 나리와 싸웠다는 것도, 나리를 무척 싫어하는 것도 전부 다 태민이 때문에?

"으응. 그 애… 태민이야, 서태민."

그랬구나. 태민이였구나, 태민이였어. 어떡하지? 친구가 저토록 힘들게 처음으로 마음을 털어놨는데 나는 아무것도 해줄 수가 없었다. 갑자기 박나리가 더 싫어질 뿐이다. 가질 수 없는 너. 후… 그 말이 오늘따라 이렇게도 나를 아프게 만드는 것인지…….

사랑하는데… 너무 사랑하는데 다가갈 수 없는 슬픔을 나는 조금은 이해할 수 있을 것만 같았다.

"태민이가 나리 때리면서 헤어지자고 했을 때 사실은 조금 기뻤어. 나쁜 년이지? 이제야 정말 태민이가 나리에게서 헤어나올 수 있겠구나 하는 생각마저도 들었어. 나리는 매일 다른 남자들을 만나면서 일 년 반 동안이나 태민이를 놓아주지 않았어. 전부 부모님 이혼을 핑계 대며 너까지 가면 힘들다는 그 이유 하나로 그렇게 태민이를 잡았어. 내가 박나리를 싫어하는 이유가 뭔지 알아?"

흠… =_= 이럴 때는 입 꼭 다물고 절대 모르겠다는 표정을 지으면 된다.

"그래, 나도 박나리 힘든 거 아는데… 부모님의 이혼 때문에 힘든 거 알겠는데 그렇게 힘들어서 태민이한테 기대는 거라면 자신도 잘 해야 할 것 아니야! 모조리 들통날 짓을 왜 하고 다녀서 태민이한테 상처만 주느냐고! 난 그래서 그년이 싫어. 그리고 그 애를 져버리지 못하는 태민이가 안타까워. 안타까워서 미치겠어."

술이 원수라는 말을 실감했다. 지영이는 술 한 병을 더 마시더니 이제는 엉엉대며 울기 시작했고 민이 또한 옆에서 같이 울었다.

나도 눈물이 나오려고 하는데 앞에서 펑펑 울어대니까 나오다 멈췄다. 제길! −_−; 지영이의 사랑 이야기는 너무 슬펐다. 이젠 어떡한다지? 휴……

47

"엉엉— 어엉— 끄윽— 엉— 나쁜 년 박나리. 괴물 같은 년. 재수 없어. 나쁜 년! 어엉—"

"지영아, 목 다 쉬겠다."

"엉— 준희야, 나 너무 힘들어. 어어엉—"

"알아알아, 너 힘든 거. 여태까지 너 혼자 얼마나 힘들었어."

지영이의 큰 울음소리에 주인 아줌마가 자꾸 째려본다. 나는 수습하느라 진이 다 빠졌다. T_T

"허엉— 지영아, 내가 태민이 불러줄까?"

술 취한 민이는 아예 한술 더 뜬다. −_−;;

어떡하면 좋을까! 에효—

"그래그래!! 불러불러!! 이씨! 나 다 말할 거야! 내가 허엉— 중학교 때부터 좋아했고, 지금도 좋아한다고 말할 거야. 아니아니, 사랑한다고 말할 거야! 어엉—!!"

"그래그래, 알았어! 나쁜 나리! 싸가지없는 년! 이제 행복은 지영이 네 꺼야!"

민이와 지영이는 벌건 눈을 하곤 둘이 서로 부둥켜안은 채 꼴이 말이 아니다. 혼자 멀쩡한 나를 원망한다. 씨잉~ TOT

"준영아, 나 민이인데!!!"

헉!! 민이가 드디어 일을 저질렀다.

"민이야, 전화하면 어떡해!! 전화 이리 줘!"

"싫어! 나 전화할 거야! >_< 전화 뺏으면 미워할 거야!!"

잠시 스쳐 간 민이의 표정이었지만 그 표정 속에서 이운균의 주접스런 표정이 생각나 하마터면 소리 지를 뻔했다. ——^ 민이야, 그런 표정 짓지 마. 멍청한 이운균이 생각나잖아.

"응, 준영아, 나 여기 남문인데! 으응, 애들 끌고 빨리 와! 응, 빨리 와야 돼!!"

모르겠다. =_= 저것들이 언제 저렇게 친해졌는지, 아니면 술 취해서 민이 혼자 친한 척하는 건지. 하여튼 이제 어떻게 사태 수습을 해야 될까? -_- 도와주소서, 오!! 주여!! 저 두 인간들 정말 아주 미쳤다. 눈물을 쥐어짜는 건지, 아니면 호수를 끼워 넣은 건지 어쩜 저리도 물 쏟는 것마냥 나올 수가 있는 걸까? 놀랍다.

혹시 기억하는지. −_−;;; 미아를 찾았을 때 서로 부둥켜안고 우는 그 장면 말이다. 실로 저것들 오랜만에 만났나 보다. 저놈의 눈물을 휴~ 나 혼자 땀 삐질삐질 흘리며 모두 닦아주었다. −_−v 어머머~ 이를 어쩌스까나. 두 인간들 갑자기 나를 보더니 부둥켜안았다. 날 보더니 더 서러워졌나 보다. −_−; 어쩌나. 할 수 없이 나도 그 눈물에 동참하는 수밖에…….

울지는 않았지만 하여튼 오늘은 주인 아줌마 눈치 보는 날이긴 날인가 보다.

"허엉— 허엉— 태민양— 형—"

"울지 마라, 울지 마라. 아그야, 울지 마라."

연신 울지 말라는 말만 했다. 내일이면 지영이의 목은 다 쉴 것 같다. 사실 너무나 가여웠다. 지금까지 한 번도 말하지 않았던 이야기, 늘 참았을 눈물, 오늘에서야 전부 폭발한 것이라는 것, 그래서 더욱더 슬프다는 것. 그런 것쯤은 나도 알 수가 있었다.

지영이는 내 품에 안겨서 울고 있었고, 민이는 내 무릎을 베개 삼아 자고 있었다. −_−+ 입구 쪽에 보이는 오늘따라 덧없이 반가운 놈들.

"응? 왔어? ^^;;"

당황한 다섯 놈들.

"우와! 너희들 술이랑 베스트 먹었구나. >_<"

예끼! 오자마자 헛소리하기는.

나뒹구는 술병을 세는 운균이 놈, 자고 있는 민이를 쿡쿡 찔러보곤 어이없다는 듯 웃어버리는 준영이 놈, 내가 힘들겠다며 지영이를 떼어내려는 준성이 놈과 태민이, 아무 신경 안 쓴 채 그저 술을 시키는 지훈이.

"무슨 일 있었어?"

준성이가 걱정스러운 듯 물었다.

"그냥… 그냥 마신 거야."

"그냥 마신 게 이렇게 많이 마셨냐?"

"난 안 마셨어. 지영이랑 민이가 다 마셨지. -_-;;"

태민이는 아무 말 없이 술을 마신다. 사랑이 뭔지. 웃으며 살아도 모자란 판국에 우리들은 왜 이렇게 늘 고민 속에 살아야 하는 건지. 쳇. ——;;

"태민아, 조금만 마셔라. 아까도 많이 마셨잖아."

"그래! 그래라, 곰 형아. >_< 나리는 이제 잊어. 널 힘들게만 하잖아. 나는 나리 싫어, 정말!! >_<"

도대체 곰 형아는 또 뭐냐고. -_-; 하는 말마다 엉뚱하다. 엉뚱해도 저렇게까지 엉뚱하니 이운균보다 같이 노는 녀석들이 더 신기할 뿐이다. 혹시 나 몰래 모두 같은 짓을 하는 건 아닐까? 싫어!! -0- 그런데 바보 같은 운균이가 지금 무슨 소리를 했지? 분명 잊으라고 한 것 같은데……. 다시 사귄다더니 아닌가? 궁금한 나는 놈들에게는 안 들리겠끔 준성이 놈 귀에 속삭였다.

"태민이 나리랑 깨졌어?"

"응."

"다시 사귄다며?"

"나리가 싹싹 비는 바람에 다시 사귀었다가 태민이가 이젠 자기도 편해지고 싶다고 해서 우리가 깨라고 했어."

"그랬구나."

"그래도 정 때문에 힘든가 봐. 그놈의 정이 뭔지."

그때였다. 조용한 술집 안이 시끄럽기 시작했다.

"허어엉― 준희야, 태민이― 태민이 불러줘― 허엉―"

순간 나는 당황해서 지영이의 입을 막았지만 태민이를 비롯해 촐싹이까지 모두 그 소리를 들었다. 반짝거리다 못해 이글거리는 촐싹이의 눈빛에 나는 처음으로 공포를 느꼈다. ―0―;;;

"꺄악! 준희야, 지영이가 태민이 좋아해? 그런 거야?"

"야, 무슨 소리야? 아니야! 뭔 소리를 하는지 당최 모르겠네."

"무슨! 방금 지영이가 태민이 불러달라고 했잖아! 내 귀가 무슨 콧구멍인 줄 알아? 내 귀는 당나귀 귀란 말이야! 임금님 귀는 당나귀 귀인 것도 몰라?"

"야, 그럼 네가 임금님이라는 거야?!"

"그럼~ 나는 대림 공고 임금님이야. >_< 몰랐어? 너 진심으로 몰랐던 거야?"

아니지, 이럴 때가 아니지. 진정하자, 박준희. 더 이상 이운균과 대화를 말자. 그러자.

"빨리 대답하거랏! 지영이가 곰 형 좋아하지? 그치?"

"태민이가 아니라 태인이라고 있어! 너 당나귀 귀라면서 그것도 못 듣냐? 멍청하기는.”

“우하하!! 준희 거짓말하는 것 봐! 난 다 알아! 뻥 치지마! >_< 네가 무슨 양치기 소년인 줄 알아? 하하하.”

어쩜 저렇게도 재수가 없을까? 정말 한 대 때리려다 참았다. 저 인간이 정녕 나의 용광로같이 활활 타오르는 미움의 가슴을 알까? 눈치도 없는 놈. —,.— 차라리 내 동생이었으면 참 좋겠다. 미치도록 때리게. 태민이는 일어나더니 지영이 쪽으로 온다. 그리곤 지영이를 일으켜 세운다.

“준희야, 지영이네 집 내가 아니까 잘 바래다 줄게 걱정 마. 나 갈게. 내일 보자.”

“으응. 그럴래? 고마워.”

“내일 보자.”

태민이는 비틀거리는 지영이를 데리고 밖으로 나갔다. 지영아, 지금 네 옆에 있는 사람이 태민이야. 바보야, 네가 너무나도 사랑하는 서태민이란 말이야. ㅠ_ㅠ

슬슬 정리가 되고 우리도 밖으로 나왔다. 잠에서 헤어나오지 못하는 민이를 업고 준영이 놈과 운균이 놈이 택시를 잡으러 사라졌다. 같이 데려다 주려나 보다. 지훈이두 가고. 나와 준성이만 남았다. 우린 그냥 같이 걸었다.

48

"토요일이 이제 며칠밖에 안 남았다."

앗! 또 잊어먹고 있었다. -0- 내 머리는 아무래도 꼴통인가 보다.

"알지?"

"으… 응."

"대답이 시원찮다?"

"아니! 알아!"

"그날은 너랑만 있을 거다. 애들 빼구."

"왜? 애들하고도 같이 놀지."

"안 돼! 너랑만 있을 거다."

"있잖아… 나 토요일 날 인천 가야 되는데. -_-a"

겨우 말했다. 땀난다. -_-;;;

"왜?"

"친구들 때문에……. 미안해."

"일찍 오면 되잖아. 일찍 와."

"아니, 그게 말이지. 그게 말이야, 그게……."

"기다리고 있는다."

자꾸만 보채는 이놈한테 슬슬 짜증이 나기 시작했다. 아니!! 만나는 건 다음에 만나도 되는데 이게 왜 자꾸 이러는 건지 모르겠네. 하지만 이렇게까지 싸가지없게 말할 필요는 없었는데……. -_-^

"다음에 만나도 되잖아. 매일 보는 건데 하루 가지고 왜 그래! 나 애들 만나고 좀 늦을지도 모르니깐 기다리든 말든 네 마음대로 해. 나 간다!"

뭐 낀 놈이 성낸다고. 찔려서 괜히 화를 낸 나……. 이 말 하고 뒤돌아서 곧바로 후회했다. T_T 그런데 강준성은 날 붙잡지도 않는다. 준성이도 많이 황당했을 테지. 하지만 다시 돌아가서 미안하다고 하기엔 창피하기도 하고, 자존심이 상하기도 해서 그냥 택시를 잡고 집으로 가버렸다. 생각해 보니깐 준성이 놈 내 말 듣고 움직이지 않았던 것 같은데… 삐쳤나? 다음에는 진짜로 놀아줘야지, 진짜로…….

그 뒤로 며칠이 지났다. 이틀만 지나면 토요일이다. 어젯밤에도 민우가 전화해서 방방 뜬 목소리로 토요일이 기대된다고 말했다. 나도 기대가 되기는 하지만 자꾸 강준성이 거슬린다. 아니야, 그래도 준성이랑은 놀 시간 많은데 뭐. 그치그치?? -0- 그럼그럼, 그렇고 말고.

수업이 끝나고 지영이, 민이와 함께 남문에 가서 놀았다. 참, 지영이가 그러는데 술 엄청 마신 날 자기가 태민이한테 무슨 말을 했냐고 물어본다. 술 마신 지영일 태민이가 데리고 갔는데 나야 당연히 모르지. 지영이는 자꾸만 자기가 무슨 말을 한 것 같다고 한다. 왜 그러냐고 물어봤더니 태민이가 그날 이후로 전화도 많이 하고 무척이나 잘 해주려 노력한다고 했다. 이야, 좋겠다! 잘됐네!!라고 주책없이 좋아했다가 지영이한테 한 대 맞았다. T_T 이 사태가 예상한 대로 태민이가 자신을 향한 미안함에 잘해주는 거라면 싫다고 했다. 그런 일로 인해 태민이에게 부담 주는 것 같다며 정말 싫다고 했다.

지영이는 참 대단해. 누군가를 위해 저토록 헌신적인 걸 보면 말이다. -_-;; 민이나 지영이는 좋아하는 사람을 위해 아낌없이 주려는 것 같다. 한데 나는 뭘까? 쳇. 내가 생각해 봐도 정말… 쯧쯧. ——;;

띠리리리—

내 핸드폰이 울린다. 으~ 멋찐 놈이다. ^0^

"응."

[어디야?]

"나 애들이랑 남문에 있어. 넌 어디야?"

[운균이네.]

"응."

[야, 너 진짜 토요일 날 인천 갈 거야?]

"당연하지!! 갈 거야!!"

[야, 나 그날…….]

"됐어됐어!! 몰라몰라!! 일요일 날 만나면 되잖아!! 왜 자꾸 그래?!"

[…알았다.]

뚝!

이놈 진짜 끈질기다. 에효— 이놈아, 토요일 날 누님 재미나게 놀다 올 거다. 그러니까 일요일 날 만나자꾸나! 흠흠. ^0^

49

토요일이다!

어제는 정윤이한테 전화가 왔다. 전학 와서 처음 하는 통화였다. 우리는 그동안 못 떨었던 수다를 장작 세 시간에 걸쳐서 떨었다. 그리고 나의 멋진 강준성 놈에 대해서도 얘기를 했더니 정윤이는 멋있다며 나보다 더 좋아했다. ㅡ_ㅡ; 역시 그대로야.

오늘은 하루 종일 강준성을 볼 수가 없었다. 연락도 없고. 그래, 삐쳤다 이거냐? 나한테 지금 시위하는 거지? 그래, 누가 이기나 해보자! 쳇! 나도 전화 안 해! 흥!

민우를 만나기 위해 전철역으로 갔다.

"준희야!"

"응! 민우야. ^^"

민우와 함께 인천행 전철을 탔다. 전철을 타고 가면서 민우와 많은 이야기를 했다. 그러다 윤강연 이야기가 나왔는데 박나리와 함께 다음주부터는 학교를 나온다고 했단다. 요즘 박나리는 태민이와 헤어지고 다른 남자 만나느라 정신없다고 했다. 정말 아무리 생각해도 이해할 수 없는, 정말 이해할 수 없는 아이이다.

한 시간 반 후 부평역에 도착했다. ^^

"야, 김민우!! 박준희!!"

수완이와 정윤이다. 저 둘은 아직도 저렇게 잘 사귀고 있는데… 하

는 생각이. ㅡ_ㅡ;;

"이 새끼, 박수완!! 잘 있었냐?"

"어이, 김민우!! 더 멋있어졌는데? 반갑다!! 이게 얼마 만이냐?"

수완이와 민우가 반가워하고 있을 때쯤 나와 정윤이도 반가워서 거의 반은 미쳐 있었다. ㅡ0ㅡ 정윤이는 어쩐지 더 귀여워진 것 같다. 우리 네 명은 전철역 앞에서 떠들며 미친 사람들처럼 좋아하다 어느새 쪽팔림을 느끼곤 역 근처에 있는 술집으로 들어갔다. ㅡㅡ;;

"민우랑 준희는 인연이 맞긴 맞나 봐. 전학 가서도 만난 거 보면 말이야."

"맞아, 신기해. ^^ 너희는 지금이나 예전이나 너~무 잘 어울려."

정윤이의 말에 민우가 나를 보며 웃었다. 안 어울려. ㅡ_ㅡ;;;

"그래?? 하하하."

"수완아, 나 남자 친구 생겼어. ^^"

"진짜? 같은 학교 다니는 거야?"

"아니. 옆 학교인데……."

"옆 학교? 너희가 유림이라고 했지? 학교 이름 뭔데?"

"대림 공고."

"대림?"

"응. 왜? 알아?"

"대림이라면 알지. 내 발이 오죽 넓냐? 거기에 아는 선배 형이 있지. 네 남자 친구 이름이 뭔데?"

"강준성."

"강준성? 알았어. 내가 어떤 놈인지 알아보고 오마. 기다려라."

수완이는 그렇게 말하곤 핸드폰을 들고 현관 쪽으로 사라졌다. 민우, 정윤이와 술 마시며 이야기하느라 시간 가는 줄도 모르고 있었다. 그러다 수완이가 들어왔다.

"준희야, 얼~ 괜찮은 놈이랑 사귀나 보네?"

"왜?"

"아까 말한 선배 형한테 강준성 얘기를 했더니 되게 좋아하면서 강준성은 같은 남자가 봐도 멋있는 새끼라고 하던데? 준희는 좋겠네~"

"수완아, 정말이야? 우와~ 준희 좋겠다. >_<"

"언제 한번 얼굴 좀 보여줘. 알겠지?"

"응. *^^*"

으하하하~ 기분 좋다. 내 남자 친구가 누군가에게 인정받고 있다는 것이 날 무척이나 업되게 했다. 그런데 민우는 그다지 기분이 좋아 보이지가 않았다. -_-;; 아차차! 민우는 준성이를 싫어하지. 준성이도 알고 보면 괜찮은 놈인데. 이럴 수도 저럴 수도 없으니 미치고 팔짝 뛸 노릇이다.

50

벌써 10시다. 그때까지도 강준성한테는 어떤 연락도 없었다. 그

흔한 문자마저도 없었다. 괜히 신경 쓰이는군. 술 마시다가도 어디선가 삐빅 소리가 나면 혹시 이놈이 문자를 보내온 것이 아닐까, 핸드폰 벨소리가 들리면 내 것이 아닐까 핸드폰 꺼내서 확인하기에 바빴다. 하지만 개뿔 -0- 연락이 없었다. 손가락이 부러지기라도 한 모양이다. 쳇!

에구구, 술을 몇 잔 마셨더니 정말 어지럽다. 취기가 조금 도는 것도 같고 아무래도 오늘은 정윤이네서 자야겠다.

"꺼억— 준희야, 우리 네 명 그때로 돌아갔음 좋겠어. 민우랑 너랑 다시 사귀었으면 진짜 좋겠어. 우리 그때 진짜 재미었잖아. 너희들은 왜 헤어지구 난리야."

정윤이가 술에 취하더니 별 헛소리를 다 한다. 어색하게 웃어 보였다. 수완이는 이해하는 표정을 짓더니 정윤이를 자기 품으로 살포시 끌어당겼다. 정윤이의 말에 민우 역시 웃으며 무언가를 생각한다.

"벌써 11시가 다 되어가네?"

"그러게. 시간 진짜 빨리 간다. 김민우, 인천 자주 와."

"이 새끼야, 나한테만 오라고 하지 말고 너도 좀 와. 엉?"

"하하하, 알았어!"

그때 너무너무 기다렸던 내 핸드폰이 울렸다. 제발 강준성 이놈이었으면……. 흑흑. T_T 비굴한 박준희. 하지만 박준영 놈이었다. 제기랄!!

"왜?"

[야, 병신아! 너 미쳤냐?]

옷!! 싸가지없는 새끼 같으니라고!! 이게 어디서 받자마자 욕짓거리야!! 엉!!

"뭐야! 왜 전화하자마자 시비야!"

[너 김민우랑 있지?]

헉!! 이 새끼 눈치 하나 더럽게 빠르다. ㅡ_ㅡ 무조건 아니라고 하자.

"아니. 무슨 소리야!!"

민우랑 있다고는 죽어도 말 못한다. 말했다간 박준영 이게 준성이한테 틀림없이 말할 것이므로.

[죽을래? 나 벌써 전화 받았다.]

"뭘?"

[내 친구들 부평역 앞에서 알바하는 거 너 모르냐? 병신이네, 이거!]

"뭐래? 야, 전화가 잘 안 들린다. 안 들려."

쫄 내가 아니었다. 안 들린다는 핑계를 대며 재빠르게 끊어버리면 그만인······. 나는 지금까지 내가 얼마나 괘씸한 인간이었는지를 느끼게끔 해주는 말을 들었다. 나는 정말 빌어먹을 인간이었다.

[너 진짜 뻔뻔하다. 네가 여자 친구 맞냐? 앞으로 어디 가서 내 누나라고 하기만 해봐! 너 죽을 줄 알아. 오늘이 준성이 형 생일이야! 넌 진짜 나쁜 년이야! 알았어? 기분 엄청 상해서 끊는다.]

뚝!

순간 모든 것이 정지된 것 같은 기분마저 들었다. 내가 잘못 들은 건 아닐까? 부들부들 떨리는 가슴을 애써 누르며 밖으로 나와 박준영한테 다시 전화를 걸었다. 아닐 거야. 이게 나 놀리려고 분명히 헛소리한 거야. 분명해… 분명…….

[왜 전화질이야?]

"진짜야? 진짜냐고?!"

[병신아, 뭐가!!]

"오늘이 정말 준성이 생일이야?!"

[그럼 내가 너한테 할 일 없어서 그런 장난 전화 하겠냐? 응?!]

"지금 준성이 어디 있어?"

[내가 아냐?!]

"박준영! 나 지금 장난하는 것 아니야! 아니라고! 준성이 어디 있어!!"

[이게 어디서 소리를 지르고 지랄이야.]

"어디 있냐고! 말해 줘. 말해 달라고!!"

[어디 있는지 알면 네가 올 거냐? 이 늦은 시간에? 그것도 인천에서 이 먼 수원까지 올 거냐고.]

"갈 거야!! 갈 거라고!! 갈 거니깐 준성이 어디 있어!!!"

그렇게 기도했는데… 나 정말 기도했는데… 다시는 이 녀석한테 미안해할 일이 생기지 않게 해달라고… 그런데… 그런데 왜!!

51

미친 듯이 호프집을 나왔다. 나를 잡는 민우를 내팽겨치고 무작정 나왔다. 가지 말라는 민우에게 나는 처음으로 내 마음을 말했다.

"널 사랑했지만 지금은 아니야. 지금 나한테 중요한 건 네가 아니라 강준성이야. 나 잡지 마. 아니, 네가 잡아도 난 갈 거야. 강준성이 나를 기다려. 사랑하는 사람이 나를 기다린다고. 나 갈게. 학교에서 보자."

그렇게 나와서 택시를 잡았다. 돈이 얼마가 나오든 그건 상관없었다. 빨리 오늘이 가기 전에 가기 전에 놈한테 가야 한다. 오직 그 생각만 했다.

"지금은 어디 있는지 나도 몰라. 아까 인계동에서 술 마시고 헤어졌어. 준성이 형 기대 많이 했나 보더라. 생일 날 너랑 둘이서 파티하려고 그랬던 것 같던데. 넌 진짜 나쁜 년이야."

그래, 나 박준영 말처럼 정말 나쁜 년이다, 정말 나쁜 년이야. 여자 친구라는 게 어떻게 이럴 수가 있을까? 정말 나쁜 년……. 아무리 민우가 그랬어도 나는 준성이와의 약속을 깨면 안 되는 거였다. 준성이와의 약속은 무슨 일이 있어도 지켜야 했다. 그래야만 했다.

"토요일이 이제 며칠밖에 안 남았다."

"그날은 너랑만 있을 거다. 애들 빼구."

"안 돼! 너랑만 있을 거다."

"기다리고 있는다."

그랬던 놈에게… 그런 놈에게 나는 정말 가슴을 갈기갈기 찢어대는 말만 했다.

"다음에 만나도 되잖아. 매일 보는 건데 하루 가지고 왜 그래! 나 애들 만나고 좀 늦을지도 모르니깐 기다리든 말든 네 마음대로 해. 나 간다!"

어떡해, 어떡해. ㅜㅇㅜ 마구 울며 택시를 잡았다.

"아저씨, 수원 영통이요! 빨리요, 빨리!!"

후회했다. 정말 후회했다. 조금만 더 준성이 말에 귀를 기울었다면 이렇게 되는 일도 없었을 텐데……. 얼마나 서운했을까? 난 왜 준성이한테 이 정도밖에 해줄 수 없는 걸까? 난 왜 이 정도의 여자 친구밖에 될 수가 없는 걸까? 난 왜… 난 정말 왜 내 자신보다 이놈을 더 좋아해 주질 않는 걸까? 아니야, 나도 사랑하는데… 나도 강준성을 너무나 사랑하는데 나는 항상 왜 이렇게 모자라기만 한 걸까? 가슴이 아프다. 나 너무 나빴어… 너무…….

"야, 너 진짜 토요일 날 인천 갈 거야?"

"당연하지!! 갈 거야!!"

"야, 나 그날⋯⋯."

"됐어됐어!! 몰라몰라!! 일요일 날 만나면 되잖아!! 왜 자꾸 그래?!"

"⋯알았다."

생일이라고 말하려던 그놈의 말을 내가 막아버린 거다. 그날 준성
이의 그 말에 조금만 더 귀 기울이며 들었더라면 그놈이 오늘을 이렇
게 쓸쓸하게 보내지 않았을 텐데⋯⋯. 미칠 것만 같다. 혼자서 얼마
나 상심했을까? 택시에서 정말 한심하게 후회를 하며 울었다. 대성
통곡을 하며 울었다. 정말 미안해. 준성아, 미안해⋯ 미안해. 내가 잘
못했어. 미안해⋯ 정말 미안해⋯⋯.

52

택시 기사 아저씨는 내 울음소리에 당황하셨는지 무척이나 빠르게
운전을 하셨다.

"학생, 아저씨가 금방 데려다 줄 테니까 울지 마."

하지만 나는 지금 눈물을 멈출 수가 없었다. 정말 너무나 미안하
고, 또 미안해서 이렇게 늘 미안하기만 해야 되는 내가 너무나도 원
망스러웠다. 내가 생일인 줄 몰랐다며 미안해하면 준성이는 분명 괜

찮다고 하겠지. 애들이랑 생일 파티 했으니 신경 쓰지 말라며 다독거려 주겠지…….

『오늘 사연은 많이 슬프네요. 서울에 사시는 강연주 씨께서 사랑하는 남자 친구에게 보내는 편지입니다. 그런데요, 편지가 이별을 전하는 내용이라 마음이 많이 아프네요. 읽어드릴게요.』

어느 정도 진정을 하고 수원으로 가던 중 라디오에서 나오는 사연을 듣게 되었다.

『민환아, 나 연주야. 지금 너랑 헤어지고 집에 들어와서 쓰는 편지야. 나를 이해할 수 없겠지? 미안해. 또 너한테 미안하다고 하네. 나는 늘 너한테 미안하다고만 했잖아. 나 때문에 늘 힘들어하는 너를 보며 아무것도 해줄 수 없는 내가 너무나 한심했어. 조금씩 느꼈어, 나 때문에… 나 때문에 네가 힘들면 그건 사랑이 아니라 가둬두는 것밖에 안 된다는 것. 그래서 힘겨운 결심을 했어. 나보다 너를 위해서……. 나 같은 여자 다시는 만나지 마. 나처럼 나만 생각하는 여자 다시는… 두 번 다시는 만나지 말아야 돼. 그래야 내가 너한테 덜 미안해져. 정말 사랑했는데 널 또 내 옆에 두면 너는 나 때문에 힘들 거야. 그래서 널 보내줄래. 민환아, 연주는 너 참 많이 사랑했어. 행복해야 돼. 알겠지?』

젠장!! 젠장!! 연주라는 사람 어쩌면 나와 같은 사람일지도 모른다. 준성이도 나 때문에 힘들 거야. 늘 자기만 생각하는 여자 친구 때문에 힘들 거야. 준성이는 나와 함께여도 외로웠을 거야. 나도 준성이를 보내줘야 하는 걸까? 자신이 없어. 지금까지 준성이와 사귀면서 내가 해준 거라곤 정말 하나도 없었다. 준성이는 내게 기억될 만한 추억들 많이 만들어줬는데… 우리 이러다 헤어진 후 준성이 기억 속에 아무것도 안 남아 있으면 어쩌지? 나 정말 못됐다. 내가 준 작은 빼빼로를 들고 어린아이처럼 웃었던 준성이 얼굴이 자꾸만 떠올랐다. 고작 작은 것에도 좋아라 웃던 준성이 얼굴이… 그런 준성이가… 그런 준성이한테 나는 점점 못된 짓만 하는 사람으로 변해가고 있었다.

11시 50분.

준성아, 제발 집에 있어라. 응? 제발…….

택시에서 내려 준성이네 빌라에 거의 다 왔을 때 빌라 안으로 들어가는 입구 쪽에서 누군가의 목소리가 흘러나왔다. 난 걸음을 멈췄다. 아니, 더 이상 발을 내딛을 수가 없었다.

"너 학교는 언제부터 나올 거야?"

"내일부터."

"왜 그러냐? 학교 좀 제대로 다녀라."

"응, 알았어. 내일부터 잘 다닐게. 잘못했어. 내가 준 옷 꼭 입고 다녀야 돼. 알겠지?"

"알았으니까 빨리 가."

"준성아, 생일 축하해. ^^*"

"그래, 알았다. 근데 너 내 생일인 줄은 어떻게 알고 왔냐?"

"바보야! 내가 너에 대해서 모르는 게 어디 있어?"

"그래, 고맙다. 어서 가."

“응, 나 갈게.”

윤강연이었다. 내가 아닌 윤강연의 모습이 오늘 나를 더 아프게 만들었다.

53

내가 모르는 것을 윤강연은 알고 있었다. 준성이가 가르쳐 주지 않았는데도 알고 있었다.

저것은 대단한 관심이다. 아니, 사랑하는 사람에 관한 것이라면 뭐든지 알고 싶어하는 것이 당연한 것이다. 그래서 윤강연은 알고 있었던 것이다. 제길!!

“준성아… 전화해도 되지?”

준성이는 아무런 말도 안 했다. 윤강연의 저런 표정 처음이다. 늘 강해 보이고, 독해 보이던 저 아이도 한 사람 앞에서는 아무것도 할 수 없는 바보마냥 약해 보이기만 했다.

“그래, 차라리 아무 말 하지 마. 그러면 그냥 전화할 거니까… 네가 하지 말라고 하면 나 정말 전화 못하니까 차라리 아무런 말도 하지 마. 나 갈게.”

뒤돌아서 가는 강연이의 어깨가 흔들리는 것 같았다. 준성이는 그 뒷모습을 물끄러미 바라보다 쓸쓸한 듯 담배를 입에 물었다.

11시 58분.

"준··· 성아······."

준성이가 돌아봤다. 그리고 서 있는 나를 많이 당황한 듯 쳐다봤다.

"어떻게 된 거야?"

"인천 갔다가 지금 왔어."

"그랬구나. 뒤에서 나타나서 놀랐어. ^^;;"

웃지 마, 바보야. 그렇게 바보같이 웃지 마. 그렇게 웃는 네 모습 때문에 내가 더 슬퍼진단 말이야. 차라리 화를 내지 왜 웃어··· 왜 바보같이 날 보고 웃어······.

"미안해. 준성아, 생일 축하해."

축하한다는 말을 하자마자 눈물이 와르르 쏟아졌다. 아무리 닦아도 계속 흐르는 눈물 때문에 준성이를 볼 수가 없었다. 못난 나 때문에 이놈이 너무 불행해져 버릴까 봐 겁난다.

"미안해··· 미안해······."

"왜 그래? 무슨 일 있었어?"

"정말 미안해."

"너 생일 때문에 그러는 거야? 됐어. 괜찮아. 애들이랑 같이 있었어. 나도 너한테 말 안 했잖아."

역시 내 생각대로 놈은 괜찮다고 한다.

"준희야, 울지 마."

"나 진짜 너한테 너무 잘못하고 있는 거야."

"왜 그래?"

"난 정말 나만 생각하는 나쁜 년이야."

"너 나쁜 사람 아니야. 왜 그렇게 말을 해?"

"아니야, 나 정말 나빠. 미안해. 준성아, 정말 미안해."

나 너한테 거짓말하고 민우랑 영화 봤어. 그러다 너와의 약속을 어기면서까지 만난 사람이 또 민우였어.

준성이가 다가와 내 어깨를 잡아 자신의 품으로 당겼다.

"너를 보고 있으면 갑자기 어디론가 사라져 버릴 거 같다. 그래서 늘 불안하다."

"준성아……."

"그렇게 자책하지 마. 너 비난하는 사람 아무도 없어. 내가 괜찮다고 했잖아."

"나보다 널 더 좋아해 주는 사람이 있었으면 좋겠어."

"그런 사람 있어도 난 싫다. 네가 아니잖아. 그게 무슨 의미냐."

"준성아, 나 너한테 해줄 수 있는 게 아무것도 없어."

"해달라고 한 적 없어. 아무 걱정 하지 마. 엉뚱한 생각도 하지 마. 해주는 게 많다고 해서 그게 사랑의 전부는 아니잖아. 그게 전부라고 오해하지 마."

"미안해……."

"준희야, 사랑이 너무 커져 버리면 말이다, 어떻게 되는지 아냐?"

준성이는 벌써 나를 이해했다. 내 흔들리는 마음을 어떻게 알았는지 아무런 걱정도 하지 말라며 내 마음을 잡아준다.

"사랑이 너무 커져 버리면 모든 사람들이 그 사람을 욕해도, 손가락질해도 모든 걸 이해해 줄 수가 있대. 미운데도 그 사람 얼굴만 보면 언제 그랬냐는 듯 그럴 수밖에 없는 사정이 있었겠지 하며 이해하게 된대."

"으흑… 흑……."

"나 너 이해해."

더 이상 무슨 말이 필요가 있을까? 나를 이해해 준다는 준성이의 말처럼 이보다 더 귀한 사랑 고백이 어디 있을까? 고마워… 너무 고마운데 나… 자꾸만 너를 향한 내 사랑이 너무나 작아 보여. 그래서 너한테 이런 사랑 받을 자격이 없다는 생각만 들어. 나한테 너무 과분해. 네 사랑이 내겐 너무 과분해.

54

집까지 바래다주겠다는 준성이를 오늘만 혼자 가겠다고 하곤 집으로 돌아왔다. 그런데 우리 집 앞에 그 애가 서 있었다.

"어디 갔다 오니?"

나는 아무런 말 없이 그저 그 애의 얼굴만 바라보았다. 어떻게, 아니, 왜 여기서 날 기다리고 있는 걸까?

"오랜만이네."

윤강연, 왜 날 기다리고 있었니… 무슨 말을 하려고…….

"미안했어. 그때 일은 나 많이 후회했어. 다시는 그런 일 없을 거야. 미안해."

내게 미안하다고 말하는 윤강연의 얼굴은 지금까지의 윤강연 모습과 많이 달라 보였다. 많이 생각해서 많은 고민 끝에 하는 말같이 들려왔다. 건방지기보단 원래 윤강연의 모습처럼 보였다.

"오늘 준성이 생일이었어. 그래서 준성이네 집에 가서 오래도록 기다렸어. 한참 후에야 준성이가 오더라. 그런데 생일인 준성이 표정이 왜 그렇게 안 좋아 보이는지… 너무 쓸쓸해 보였어. 준성이가 날 못 보도록 뒤돌아서 다른 쪽으로 갔어. 그리고 민우한테 전화했지. 혹시… 혹시 해서 묻는 말인데 너 지금 준희랑 같이 있냐고. 제발 아니길 빌며 물었어. 그런데 너와 같이 있다고 하더라. 그때서야 알았어, 준성이가 왜 그렇게 쓸쓸해 보였는지. 나라면… 내가 너라면 절대 그러지 않아. 아니, 그럴 일 없어. 너 뭐야? 준성이 마음 가졌으면 그렇게 행동하면 안 되잖아! 한 번만이라도 준성이 마음 헤아려 보려고 노력해 봤어? 너보다 준성이를 위해서 생각해 본 적 있었냐고! 나 너 같은 사람 잘 알아. 내 엄마처럼 항상 자기 자신밖에 모르는 사람 너무나도 잘 안다고! 너도 똑같아! 다를 바가 없어!!"

나는 윤강연의 말에 어떠한 반문도 할 수가 없었다. 맞기에… 그 말이 전부 맞기에 그런 게 아니라고 변명할 여지가 없었다.

"너 그거 알아, 준성이는 너랑 파티하려고 케이크까지 사놓고 기다렸던 것? 왜 준성이 힘들게 해?!"

흔들린다. 내 눈이 너무나도 크게 흔들린다. 이 애 앞에서만은 울기 싫은데 자꾸만 내 눈동자가 심하게 흔들린다.

"네 눈에는 준성이 외에 다른 사람까지도 보이는 거야? 왜 자신보다 더 준성이를 아껴주지 못하는 거야?! 왜?!"

나도 내 스스로에게 묻고 싶다. 언제까지 이기적인 생각에 붙들려 있을 것이냐고… 내 자신에게도 묻고 싶다.

"너 차라리 민우한테 가. 아니야, 제발 가줘. 내가 이렇게 빌게. 가줘."

강연이가 내 앞에 와서 무릎을 꿇었다.

"준희야, 가줘. 응? 난 준성이가 날 친구로밖에 생각 안 해도 잘해줄 자신 있어. 너처럼 힘들게 안 할 자신 있어. 너한테는 민우가 있잖아. 나는 준성이가 가버리면 아무도 없어. 너 그렇게 절실히 좋아하는 것 아니잖아. 아니잖아? 더 이상 준성이한테 상처 주지 말고 가줘. 제발."

"강연아… 일어나. 이러지 말고 일어나."

나는 모두에게 잘못하고 있다. 강연이의 모습에 이제야 나는 나와 강연이가 무엇이 다른지 알았다. 사랑에는 관심과 애정이 필요하다. 강연이 그 아이에게 있는 따뜻한 관심, 배려. 하지만 내게는 준성이를 향한 관심과 배려가 부족했다. 그것을 깨달은 순간 이제야 무엇이 잘못됐고, 내가 강준성의 옆에 있을 자격이 없다는 것을 깨닫게 되었다.

"나도 너처럼 준성이 사랑하고 싶었어."

"무슨 말이야?"

"그런데 그게 잘 안 되네……. 그래, 네 말처럼 난 아직 나밖에 몰라. 네가 정확하게 본 거야."

"준희야……."

"만약에 그럴 일은 없겠지만 내가… 내가 가버리고 준성이가 힘들면 어떡하지?"

"내가 있을 거야. 내가 곁에 있어줄 거야, 예전처럼……. 그러니까 걱정하지 마."

걱정하지 마… 걱정하지 마… 그 말이 아련하게 들려온다. 그래, 나 걱정하지 않을게.

"가줘. 준성이를 다시는 힘들게 하지 마. 너는 하나도 모르잖아, 준성이 마음."

그래, 나는 정말 아는 것이 하나도 없었다. 심지어 그놈이 뭘 좋아하고, 뭘 싫어하는지, 그놈이 왜 힘든지. 다만… 다만 내가 알고 있는 것은 그놈 이름 석자 그것밖에 없었다. 정말 아무것도 없었다.

윤강연, 내가 졌어. 보내줄게… 강준성 너한테로 다시 보내줄게. 너무 헛된 시작이었나 봐. 나 이제는 정말 자신이 없다. 그래, 사실은 준성이에게 더 잘할 자신이 없어. 그런데도 이렇게 힘든 걸 보면 나 정말 이기적이긴 이기적인가 보다.

집으로 들어왔다. 준성이가 예전에 준 CD가 보인다. '마지막 사랑' 그 노래를 다시 틀었다. 그리고 10곡의 노래가 모두 끝날 때까지 울었다. 미안해, 나 너 보내줄래. 나보다 더 널 사랑하는 사람 찾았거든. 그 애는 너 힘들게 안 할 거야. 나 자신없어. 그 애보다 더 널 사랑할 자신이 없어. 그리고 그 애 잔인하게 만드는 일 이제 안 할래. 강연이가 자신있대. 부러웠어. 나도 그렇게 말하고 싶었거든. 나도 강연이처럼 너를 사랑하고 싶었는데… 나는 아직 많이 부족한가 봐. 준성아, 미안해… 고작 이 정도의 여자 친구밖에 되어주지 못한 것 정말 미안하다.

55

며칠동안 준성이를 피했다. 준성이의 전화가 와도 받지 않았고 문자가 와도 답변하지 않았다. 어서 녀석에게 말해 줘야 할 텐데. 하지만 헤어짐을 알리는 내 마지막 작별 말은 도무지 떠오르지가 않았다. 아니야, 말해야 돼. 더 이상 녀석을 힘들게 하면 안 돼. 우리 그놈… 이젠 행복해져야지.

삐빅―

음성이었다. 떨리는 마음으로 비밀 번호를 눌렀다.

[신규 메시지 한 개가 있습니다.]

제멋대로 뛰는 가슴.

[휴… 무슨 생각 하니, 준희야? 나는 요즘 예전보다 더 너를 생각하고 있는데…… 이러지 마. 이러지 마. 제길, 미치겠다. 진짜 미쳐서 돌아버릴 것 같다고!!]

"흑……"

눈앞이 너무나도 뿌옇게 흐려져 앞을 볼 수가 없었다. 아무것도 보이지 않았다. 이렇게… 이렇게 울어본 적이 과연 있었나? 왜 이렇게 나 많이 울게 되는 걸까? 녀석에게 너무 많은 상처를 주게 될 거란 그 미안함에 벌써부터 이러는가 보다.

56

녀석의 집 앞이다. 녀석 앞에선 정말이지 절대 울지 않을 거다, 절대. 내가 울면 녀석이 내 흔들림을 분명히 눈치 챌 테니깐. 그 흔들림으로 인해 더 불행해지는 건 녀석일 테니깐. 내 손이 떨어지지를 않는다. 벨을 눌러야 하는데… 눌러야 녀석이 나오는데. 젠장, 내 손이… 내 손이 누르기를 꺼려 한다. 몇 번이나 누르려 했지만 용기가 나지 않는다. 수백 번 망설임 끝에 겨우… 겨우 헤어짐을 알리기 위해 녀석을 부르기 위한 신호를 넣었다. 준성아… 이게 우리 마지막이야…….

딩동—

"누구세요?"

"나… 나야."

쿵쾅! 쿵쾅! 쿵쿵!

나라는 말에 놀란 녀석의 발걸음 소리가 들린다.

쾅—!

열린 문 너머로 많이 당황한 얼굴의 녀석이 보인다. 녀석의 눈에는 반가움도 보였다. 그런데 왜 그리도 초췌해 보이니… 아파 보인다.

"들어와. 밖이 많이 춥지? 마실 것 좀 줄까?"

조금은 들뜬 듯한 말투. 저런 녀석에게 나는 과연 이별의 말을 전할 수 있을까? 박준희, 자신있니? 정말 자신있는 거야? 혹시라도 녀석이 자길 좋아하긴 한 거냐고 물어온다면 뭐라고 할 거니? 그럴 듯한 말로 녀석의 마음을 또 아프게 할 거니? 사랑하는 너를 위해서 보내준다는 그런 비겁한 말을 할 거니? 아니야, 그런 말은 하지 말자. 설령 준성이가 그런 질문을 한다 해도 그런 말은 하지 말자. 냉정하게… 차갑게… 날 평생 미워할 수 있도록, 원망할 수 있도록, 되도록 빨리 잊을 수 있도록 하자. 그게 정말 녀석을 위하는 길이니까…….

57

세상에서 가장 아픈 일은 사랑하는 사람에게 이제 더 이상 아무것도 해줄 수 없다는 것을 깨달았을 때입니다. 사랑하고 또 사랑하지만… 그 사람을 위해 모든 해주려 애써보지만 모두가 소용없다고 느껴질 때, 그때가 세상에서 가장 아픈 일입니다.

하지만 그 사람은 알까요? 그 사람은 정말 알 수 있을까요? 이렇게 보내기까지… 헤어지자는 말을 하기까지 하나하나 포장하는 나를… 차가운 말도, 차가운 표정도 모두 만들어내는 허상이라는 것을 그 사람이 알 수 있을까요? 모르겠지요. 이렇게 타 들어가는 이 마음을 그 사람은 죽어도 모르겠지요. 정말 알 수 없겠지요.

오늘 내가 이놈을 보냅니다. 내 손으로 이놈의 가슴을 내려칩니다. 세상에서 가장 잔인하게 이놈의 가슴을 내려칩니다.

"전화 안 받아서 무슨 일이 있는 줄 알았어. 준영이한테 물어봐도 모른다고만 하구⋯⋯."

"아무 일도 없었어."

"아, 그래⋯⋯."

말을 해야겠다고 결심한 순간의 그 심정⋯ 정말 이 같은 결심을 해 보지 않은 사람들은 모르겠지. 어떤 심정인지⋯ 가슴속이 타 들어가는 느낌이 정말 어떤 느낌인지⋯⋯.

"나 민우랑 다시 시작하기로 했어."

이 정도면 충분히⋯ 충분히 나 미워할 수 있겠지? 김민우, 그래도 네가 도움을 주는구나. 녀석이 날 미워할 수 있도록 구실을 만들어줘서 너한테 고맙다고 해야 하나? 후—

한 번의 흔들림도 없이 말했다. 내 말에 너무나 많이 놀란 준성이.

준성아⋯ 사실은 거짓말이야⋯ 거짓말이야. 애초부터 다시 시작이란 건 없었어. 정말이야. 금방이라도 눈물이 떨어져 내릴 것만 같은데⋯ 정말 간신히 참아내고 있었다. 여기서 울면⋯ 녀석 앞에서 울면 안 된다. 정말 안 된다. 안 된다⋯ 안 돼⋯ 안 돼. 말할 수가 없다. 말할 수가⋯⋯. 바보야, 나 이제 아무하고도 사귀지 않을 거야. 아니, 못할 거야.

"무슨 말 하는 거야, 너?! 뭐라고? 다시 말해 봐!"

"잘 못 들었나 보구나. 나 민우랑 다시 사귄다고. 그러니까 우리……."

"하— 뭐라고? 너 지금 나한테 한 말 진심이냐?"

"응, 진심이야. 나 원래 성격상 말 돌려서 못해. 알잖아."

"알아. 너 원래 그러는 것 아는데… 아는데 그래도 어떻게 이렇게 아무렇지도 않게 말할 수가 있는 거야? 나 너한테 이런 존재였어? 고작 이 정도밖에 안 됐었냐고!!"

"그럼 어떤 존재이길 바랬니?"

나 같은 여자 만나지 마. 준성아, 절대로 나처럼 못된 여자 만나지 마. 나 분명히 울지 않는데… 울지 않는데 이상하게 마음이 자꾸만 빗물처럼 흘러내린다. 마음속으로 운다는 것이 이런 거구나…….

"그래서 민우랑 다시 사귄다고?"

"응."

아니, 그럴 리가 없잖아. 내가 너를 두고 민우에게 가는 그런 일… 없잖아. 그런데도 나 어쩔 수 없이 비겁하게 너를 보내려고 한다. 이것도 어쩌면 나만의 이기심일 텐데…….

"나 너한테는 역시 두 번째밖에 안 됐구나? 알고는 있었는데… 짐작은 하고 있었는데 진짜 맞구나? 아니길 바랬다."

"민우 못 잊겠어. 민우 없이는 정말 못살겠어. 너만 보면 민우가 생각나. 그런데 민우가 나 잊은 줄 알았는데 다시 사귀재. 이제 내 말 알아들었지?"

바보야, 이제 모두 알아들었으면… 그랬으면 이제 넌 나를 미워하고 원망해야 돼. 그래야 되는 거야. 알겠지? 꼭 그래야 돼… 꼭이야. 그래야 내가 너한테 덜 미안해져. 바보야, 우리 힘들어서 어떡하니? 그래도… 그래도 말이야, 기억할 거야. 어린아이처럼 해맑게 웃던 네 모습… 정말 기억할 거야. 작은 것을 받으면서도 세상 전부를 다 가진 양 행복해하던 네 모습도 기억할 거야. 집 앞에서 나를 걱정해 주던 그 모습도 기억할 거고, 쑥스러워서 어쩔 줄 몰라 하던 그 모습도 꼭꼭 기억할 거야. 놈들 앞에서 당당하게 내 여자라 말하던 그 모습, 그렇게 말해 주던 네 모습… 네 말투… 네 음성조차도 기억할 거야.

"갈게. 잘 지내."

준성아, 밥 꼭 챙겨 먹고 잘 지내. 그렇게 라면만 자꾸 먹으면 몸 상해. 그러다가 너 아프기라도 하면… 아… 참, 윤강연이 있었지. 하… 나도 참.

"한 가지만 묻자."

"뭔데?"

"나 좋아하기는 했었냐?"

말문이 막힌다. 좋아하기는 했었냐라니. 하지만…….

"지금 와서 그런 게 무슨 소용이 있겠어? 대답할 필요성을 못 느껴. 그런 것 너무 진부하지 않아?"

이렇게 말하는 나를 많이 미워해. 그런데 속상하게도 나 이렇게 돌아서면서 한 가지 알았어. 그게 뭔지 아니? 정말 너를 많이 사랑한다는 것. 이제야 바보같이 알아버리는구나. 진작에 알았으면 좋았을 텐데… 너무나 늦어버린 후에 알게 되는구나.

"제기랄!! 거짓말하지 마! 박준희!! 거짓말하지 말라고!!"

"진심이야."

쾅!

녀석의 집에서 나왔다. 무조건 뛰었다. 무조건… 녀석이 나를 보지
못하도록… 볼 수 없도록 안 보이는 곳으로… 그 설움에 복받쳐 울었
다.

사실은 한 번만이라도 녀석에게 따뜻해지고 싶었다. 사실은 마지
막이라도 내 진심을 말해 놈의 기억 속에서 영원히 살고 싶었다. 사
랑하는데 해줄 수 있는 게 없다고… 너를 위해서 헤어지고 싶다고…
하지만 내 진심에 녀석을 또 한 번 불행하게 할 수는 없었다. 나 많이
원망하겠지? 그토록 차갑게 말하는 내 모습에 이미 질려 버렸을지도
몰라.

다행이야, 네가 나를 원망하며 미워할 수 있어서. 차라리 그리워하
는 것보단 원망하는 게 나을 거야. 미워서 욕이라도 하면 속이 후련
해지지만 너무 그리우면 눈물만 나오거든… 너무 그리우면 잘해줬던
모습들만 자꾸 기억하려고 애쓰게 되거든. 그러면 네가 그리워질 것
아니야. 차라리 오늘 마지막이었던 내 모습에 나를 미워하며 원망해.
아니, 저주해도 좋아. 네가 받은 상처만큼 나도 받았으면 좋겠다고
해도 좋아. 받을 거니까… 네가 아팠던 상처만큼 나도 받을 거니
까……

58

　있잖아, 나는 기억할게… 너는 잊어. 애교 아닌 애교로 네게 예쁘게 보이려고 애쓰던 내 모습들 전부 잊고, 네 옆에서 팔짱 끼며 바라보던 내 모습도 잊어. 노래를 부르며 그 노래 주인공이 너라고 하던 말도 잊고, 네 행동에 행복해하던 내 모습들도 잊어. 학교 앞에서 너를 기다리던 내 모습도 잊고, 네 기억 속에서 두 번 다신 살 수 없도록 나를 잊고 또 잊어줘. 그게 네가 나한테 할 수 있는 첫 번째 복수야. 그리고… 윤강연이랑 정말 행복한 모습 내 앞에서 보란 듯이 보여줘. 그게 두 번째 복수야. 잊어야 돼.

　"바보야, 그랬다면… 내가 너한테 하는 것처럼 그랬다면 윤강연이랑 내가 헤어졌겠어? 그렇게 사랑하는데 내가 헤어졌겠어? 네가 맞았다는 소리에 머리가 돌 만큼 사랑했다면 내가 헤어졌겠냐구… 우는 모습에 마음이 아파서… 아파서 죽을 것만큼 사랑했다면… 왜 헤어졌겠어. 사랑하는데 왜 헤어져… 내 마음 그렇게 몰라?"
　"사랑이 너무 커져 버리면 모든 사람들이 그 사람을 욕해도, 손가락질해도 모든 걸 이해해 줄 수가 있대. 미운데도 그 사람 얼굴만 보면 언제 그랬냐는 듯 그럴 수밖에 없는 사정이 있었겠지 하며 이해하게 된대."

기억할게. 나는 잊지 않고 기억할 거야. 준성아… 안녕.

살면서 가장 후회한 날이 언제냐고 물어온다면 그날이 오늘이라고. 살면서 가장 내 자신이 밉고 원망스러웠던 날이 언제냐고 물어온다면 그날이 오늘이라고. 살면서 가장 잊지 못하거나 혹여 너무나 그리운 마음에 눈만 감아도 눈물이 나올 만한 이가 있냐고 물어온다면 주저없이 그놈을… 한때나마 내 녀석이었던 그놈을 말할 것이다.

사랑이 너무나 작아서… 그리도 작은 사랑 앞에 결국 나는 무릎을 꿇었다. 정말 미안한 건 한 번도, 단 한 번도 사랑한다고 말해 주지 못한 것… 그게 살면서 나를 가장 아프게 할 것 같다.

59

시계를 보니 벌써 아침이다. 오지 않았으면 하는 것은 언제나 너무나도 빨리 오곤 한다. 어제도 밤새 뒤척이다 새벽이 되어서야 겨우겨우 잠들었다. 요즘 들어 평생 울 걸 다 울고 있는 기분마저 든다. 가만히 있어도 눈물이 나온다면 나만큼 그 녀석도 힘들겠지. 내가 더 힘들어야 하는데. 그 녀석보다 내가 더 힘들어야지. 그래야 되는데…….

오늘은 아침부터 비가 온다. 창밖에 내리는 비를 보고 있으려니 그놈 생각이 나서 시선을 돌렸다.

"학교 다녀오겠습니다."

집은 나섰지만 나는 결국 학교를 가지 못했다. 갈 수가 없었다. 이렇게 비가 오니 다행이라는 생각이 든다. 왠지 마음껏 울 수 있을 거란 생각이 들었다. 이별이란 게 이런 건가 보다. 있을 때는 모르다가 떠나고 나서야, 버리고 나서야 몇 배나 더 되는 그리움과 보고픔으로 인해 후회하게 되어버리는 것, 이것이 이별인가 보다. 헤어지는 것보다 그 후가 더 힘든 것이 이별이란 것인가 보다.

하루 종일 걸었다. 수없이 걸었어도 생각나는 것은 강준성 그놈뿐이다. 어떻게 된 것이 떠오르는 건 그놈 하나였다. 내 미련한 발길이 닿은 곳은 녀석의 동네. 나도 모르게 녀석의 이름을 부를 뻔했다. 이제는 안 되는데… 이제는 소용없는데… 녀석 앞에 미소 짓는다는 건 거짓에 불과할 텐데… 왜 내 발은 자꾸만 움직이는 것인지…….

녀석의 빌라 앞까지 온 나는 그만 그 자리에 주저앉고 말았다.

"준성아… 이 바보야… 준성아… 흑……."

"그럼 이렇게 하자. 준희 너는 나한테 미안해할 테니까 돌아오지 못하고 방황할 수도 있으니까 내가 우리 집 앞에다가 노란 손수건을 주렁주렁 매달아놓을게. 어때? 내 생각 죽이지? 그럼 너는 내가 용서한 거니까 그땐 꼭 내 옆으로 와야 한다! 알았지?"

"풋! 바보. 무슨 영화 찍냐? 웃겨."

"진짜다! 내가 언제 거짓말하는 것 봤냐?"

"알았어. 알았어. 그럼 나 그것만 보면 용서한 줄 알고 너한테 찢어질 것 같은 미소를 지으면서 달려가면 되는 거지? 그치?"

"당연하지, 임마! 넌 그냥 오면 되는 거야."

준성이의 빌라 앞 나무에는 수많은 노란 손수건이 마치 열매마냥 달려 있었다. 가슴이 아파서 미칠 것 같다. 눈물이 닦아도 닦아도 멈추지 않아서 미칠 것만 같다. 돌아오라는 준성이의 간절한 바램이 내 마음속에 파고들어 와 주체할 수가 없었다.

못 가… 준성아, 나 못 가… 기다리지 마… 바보같이 기다리지 말아. 나 같은 사람 때문에… 너 무너지지 마.

60

똑똑—

"준희야, 엄마야."

"응."

"괜찮니?"

"뭐가?"

"너 어제 새벽에 계속 앓더라, 열도 나고. 엄마가 걱정돼서 말이야. 그러게 무슨 비를 그렇게 맞고 다녔어?"

"그냥……."

"그래. 병원 좀 다녀오자."

"됐어. 그냥 쉬면 되겠지."

"그럼 약이라도 먹어. 엄마가 담임 선생님께는 전화 드렸어. 엄마 가게 나가봐야 하니깐 무슨 일 있으면 전화해라. 알겠지?"

"응, 알았어."

나 아팠구나. 바보같이 아프고 말았구나.

"엄마."

"응?"

"준영이는?"

"학교 갔지. 그런데 준희야, 준영이랑 싸웠니? 요새 며칠 동안 말도 없고, 학교도 매일 같이 가던 애들이 따로 가고. 왜 그러니?"

"아냐, 아무 일도. 걱정하지 마. 안 싸웠어. ^^★"

녀석과 그렇게 헤어진 일을 준영이도 알게 된 것 같다. 어제, 그리고 오늘 준영이와 말도 하지 않았다. 나도 피했고, 준영이도 피했다. 준영이를 보면 그 녀석이 생각날 것 같아 두려웠기 때문에 볼 수가 없었다. 온몸이 너무도 무겁다. 훗~ 내가 이렇게 바보일 줄은 몰랐는데… 이번이 처음도 아니면서 나는 마치 처음인 양 참을 수 없이 괴롭고 힘들다. 민우가 나를 버릴 때보다 내가 놈을 버린 지금이 더욱 아프다. 이 녀석 때문에 이렇게 아프게 될 줄은 꿈에도 상상하지 못했는데… 변하게 하는구나… 사랑이란 것 사람을 이렇게 변하게 하는 것이구나… 내가 녀석 때문에 이렇게 아프구나.

눈을 감았다. 이렇게 눈뜨면 녀석부터 생각하게 되는 게 싫어서 다시 질끈 감아버렸다. 잠자는 동안만이라도… 그 시간 동안만이라도 녀석을 잊고 싶다.

꿍꿍 앓아누워서 오지도 않는 잠을 억지로 청하고 있을 때 전화벨이 울렸다.

"여보세요?"

[나 민우야. 집 앞인데 잠깐만 나올래?]

"미안해, 민우야. 나 지금 몸이 많이 안 좋아."

[그러면 내가 너희 집으로 들어갈게. 문 열어줘.]

"알았어."

벌써 시간이 이렇게 됐나? 5시가 넘어서고 있었다.

"들어와."

민우는 나를 보더니 선뜻 들어오지 못하고 있었다. 왜 그러지…….

"들어와. 왜 그러고 서 있어?"

"아니야."

우리는 소파에 앉아 잠시 아무런 말도 하지 않았다. 이제는 말하기조차 귀찮다. 혼자만 있었으면 좋겠다. 모든 게 다 귀찮기만 하다.

"많이 아파 보여."

"괜찮아."

"준성이랑……."

"응, 헤어졌어."

"왜……."

"그냥… 마음이 변해서. 우리들 나이에 흔한 거잖아."

그런 흔한 사랑이… 우리 나이에 쉽게 스쳐 갈 그 사랑이 이번에는 아니었나 보다. 쉬울 거라 믿었던 그 사랑이 나를 이렇게 아프게 만들고 있다.

"그래도 많이 좋아한다고 했잖아."

"일시적인 감정이었나 봐."

"준희야, 혹시 나 때문에 헤어진 건 아니지?"

"응, 아니야. 오해하지 마."

"그래, 아닐 거라고 생각했어. 나 때문이었다면 나 정말 행복해했을지도 몰라. 아직은 아니라면… 시간이 지나면 너랑 나 예전처럼 돌아갈 수 있을까?"

예전으로 돌아갈 수 있냐고? 지금 민우가 내게 묻고 있다. 내가 그토록 듣고 싶었던 민우의 그런 말. 하지만 지금은 아니다. 돌아가고 싶은 마음 추호도 없다.

"아니, 없어. 예전처럼 돌아가지 않을 거야."

"그렇구나……."

나는 지금 너무나 긴 사랑을 하고 있거든. 지나간 사랑에 후회하며 아파하고 있거든. 그 자리가 너무 커서 다른 사람 받아드릴 틈이 전혀 없거든.

"민우야, 나 쉬고 싶어. 이만 가줄래?"

"그래, 푹 쉬어. 나 갈게."

"응."

머리가 핑핑 돈다. 아프다. 몸도… 마음도… 모두 아파서 쓰러질 것만 같다. 정말 힘들어.

"있잖아, 너만큼이나, 아니, 어쩌면 훨씬 더… 강준성이 힘들어 보였어. 마음이 변했다는 네 말 나는 믿지 않는다. 왜 그러는 건지 모르지만 그만 방황하고 다시 네 자리로 돌아갔으면 좋겠다. 사랑하면서 돌아서는 게 세상에서 가장 미련한 짓이거든. 갈게."

민우가 가자 참고 있던 눈물이 봇물 터지듯 터져 버렸다.

"흑… 흑… 으흑……."

민우야, 우리 그 녀석 많이 힘들어 보였니? 혹시 그 녀석 곁에 강연이가 있지는 않았니? 있어야 하는데… 강연이가 있어준다고 했는데… 그래야 내 마음이 편해지는데… 그 녀석 곁에 아무도 없으면 나 마음 아파서… 어떡하라구.

그래, 어쩌면 나는 세상에서 가장 미련한 짓을 하고 있을지도 모른다. 마음 단단히 먹고 그 사람의 손을 잡으면 그게 전부인 것을 나는 미련하게 그것조차 거부하고 있다.

오로지 내 기억 속엔 놈의 얼굴과 수많았던 노란 손수건, 그리고 놈에게는 더욱 갈 수 없다는 내 결론뿐. 너를 만나게 해준 세상과 하늘에 감사하며 평생 살아볼게. 나… 그렇게.

사랑은 솔직해야 하는 것

61

사랑은 솔직해야 하는 것!

그 후로 나는 삼 일 동안이나 학교를 가지 못했다. 몸이 더 악화되어 병원까지 다닐 정도였다. 아무도 내 마음 모르겠지? 지영이와 민이가 다녀갔다. 아픈 날 슬픈 눈으로 바라보던 민이가 끝내는 울며 왜 준성이랑 헤어진 거냐고 물었다. 하지만 왜 그 녀석을 보냈는지 이유를 말해 줄 수가 없었다. 윤강연이 지금 준성이 옆에서 그러고 있는데 너 이제 어쩔 거냐고 묻는 말에 나는 대답 대신 웃어버렸다. 그런 내 모습에 지영이는 화를 내곤 돌아갔다. 조금만 더 아파하면 잊을 수 있겠지……

"야."

준영이다. 거의 일주일 만에 내게 말을 거는 준영이. 웬일일까.

"야! 너 왜 아프고 지랄이냐, 엉? 형도 잘 버티고 있는데 네가 왜 아프고 지랄이냐고!"

"미안해."

"나한테 왜 미안하냐? 엉?! 내가 박준희 너에 대해서 모를 것 같냐?"

"뭐가?"

"너 김민우랑 다시 시작하기만 해봐! 그땐 둘 다 가만두지 않을 거니까. 알았어? 다시 시작하려면! 씨발!! 걸리지 않게 사귀어! 알았냐고!! 그리고 너 절대 준성이 형 앞에 얼씬거리지도 마. 너 같은 것보다 차라리 윤강연이 낫다. 씨발, 짜증나!"

쾅!

울지 말자. 박준희, 울지 말자. 이런 일 없을 거라고 생각한 거 아니잖아. 예상하고 있었잖아. 울지 말자. 준영아, 나에 대해 모두 안다고? 아니야, 너는 아직 나를 잘 몰라. 안다고 해도 너는 나를 잘 몰라.

또 눈을 감았다. 제발 빨리 잠이 들었으면 좋겠다. 그래서 아침이 왔으면 좋겠다. 이런 깊은 밤 정말 싫다. 너무 고요해서 그 녀석 생각이 더 짙어지는 이런 깊은 밤 정말 싫다.

핸드폰이 울렸다. 모르는 번호… 누구지?

"여보세요?"

[……]

"여보세요?"

하지만 상대방은 아무런 말도 하지 않는다. 잘못 걸려온 전화인가? 끊으려고 할 때였다.

[…아프지 마.]

너무나 놀라서 핸드폰을 떨어뜨릴 뻔했다. 준성이… 나의 녀석 준
성이… 준성아, 전화하면 어떡해. 나 어떡하라고……. 전화하지 말
지. 바보같이 전화하면 어떡해. 내가 얼마나 참고 있는데… 이제는
어떡하라고 전화를 한 거야…….

"……."

마른침을 삼켰다. 그리고 흐르는 눈물을 삼켰다.

[아프지 마.]

녀석은 술을 많이 마신 것 같다. 녀석이 있는 곳으로 지금이라도
달려가고 싶었다.

"술 마셨니?"

[응, 나 술 마셨어. 그것도 엄청.]

"왜 마시니. 마시지 말지."

[자꾸 네 생각이 나서 술을 마셨는데 마시면 마실수록 네가 더욱더
생각나는 거야. 그래서 계속 마셨더니 너한테 전화까지 하게 됐네.
…전화해서 미안해.]

"미안하면 전화하지 마."

[…그래, 알았어. …끊을게.]

녀석의 목소리가 바보같이 흔들린다. 그 흔들림만큼이나 내 가슴
이 두 배로 아파온다. 이런 것이 이별이구나. 어쩔 수 없는 이별이구
나…….

[준희야, 너는 절대로 술 마시지 마. 절대로. 그러면 많이 힘드니까… 너는 절대로 술 마시면 안 된다. 그리고……]

"……."

이별보다 더 힘든 것은 참고 있는 녀석의 울음 섞인 목소리였다.

[제발 아프지 마. 알겠니? 잘 지내.]

끊겨진 전화기를 붙들고 한참을 울었다. 전화하지 말라고 했다. 미안하면 전화하지 말라고 해버렸다. 나 정말 나쁜 년이다. 하지만 녀석이 이렇듯 또 전화를 해버리면 아무런 생각도 하지 않고 무작정 달려갈까 봐 두려웠다. 가면 안 되니까… 녀석한테 가면 지금까지 겨우 결심한 일들이 모두 물거품으로 되어버리니까… 그럼 나도, 녀석도 더 힘들어질 게 분명하니까.

많이 사랑하는데도, 많이 아끼는데도, 서로가 서로를 원하는데도, 분명 그렇게 느끼고 있음에도 때로는 같은 길로 가지 못하는 경우가 있다. 때로는 같은 하늘을 보지 못하는 경우가 있다. 나와 녀석은… 쉬운 길이 있음에도 불구하고 세상에서 가장 어려운 길을 걷고 있는지도 모른다. 그게 서로를 위해서 가장 편한 일이라고 자처하면서… 서로를 위해서……

62

"몸은 괜찮은 거야?"

"응, 이제 괜찮아. 걱정 많이 했지?"

"그래, 엄청 했어. 이휴~ 준희 핼쑥해진 거 봐. 가여워라. 지영이
도 네 걱정 많이 했어. 그날 화내고 나오면서 괜히 화낸 것 같다고 그
러더라. 너 가뜩이나 힘들 텐데 더 힘들게 했다고. 지영이 오면 먼저
말 걸어. 알았지?"

"응, 그래야지."

나는 지영이도, 민이도 모두의 마음을 이해할 수 있다. 민이의 우
는 마음도, 지영이의 화내는 마음도……

지영이가 왔다. 나를 보더니 머뭇거리는 것 같다.

"나 왔어. ^^*"

"그래, 잘 왔어. 얼마나 보고 싶었다고."

"나도 보고 싶었어. ^^*"

"이야~ 너 살 빠졌다? 다이어트도 되고 좋겠다~ 히히~"

"그러게~"

예전처럼 지영이가 웃어서 참 다행이다. 나처럼 그 녀석도 웃어야
할 텐데……. 훗~ 난 또 녀석 걱정을 하고 있다.

점심 시간이다. 민이, 지영이와 밥을 먹고 있는데 학교에서 좀 논
다고 하는 애들이 지나가며 말했다.

"야! 씨발!! 대림이랑 유한이랑 붙는대!!"

"진짜야?!"

"그래. 오늘 아님 내일쯤에 붙나 봐. 괜히 우리한테 불똥 튀면 어
쩌냐? 제기랄."

"유한이 지면 우리한테 튀는 거지."

"야, 생각해 봐! 유한이 대림을 어떻게 이겨. 박민수랑 유창석, 김병철이 싸워봤자 태민이나 운균이를 어떻게 이기냐? 거기다가 새로 들어온 박준영인가 뭔가 하는 애도 장난 아니라던데."

"씨발! 에이, 거기 강준성 있잖아."

"그러니까 말야. 아무리 민우까지 합세한다고 해도 불리하지."

"민수 새끼 자신있다고 했나 봐."

"쳇! 하여튼 그 새끼의 잘난 척은 끝이 없지."

우리가 듣는 것도 모르는지 남자애 두 명은 신이 나 떠들고 있었다. 싸운다고? 유한이랑 대림이 싸운다고?! 어떡해.

"야야!!"

어떤 남자애가 급하게 그 두 명한테로 뛰어왔다.

"야!! 오늘이야, 오늘!!"

"뭐가?"

"유한 놈들이 드디어 사건을 저질렀다."

"왜?? 왜??"

"너 대림 1학년 철우 알지?"

"응, 알아!"

"유한 쪽이 시비를 걸어서 철우를 비롯한 몇 명 애들을 반은 죽여났나 봐. 지금 대림 난리났어."

"진짜야? 어떡하냐? 씨발."

"준성이 새끼 웬만해선 잘 안 싸우잖냐. 그런데 이번엔 준성이가 참지 않는다고 했대."

"클났다! 야, 구경이나 가자."

"당근이지!!"

"어디서 싸운대?"

"대림 공고 뒷산에서 한다던대?"

나와 지영이, 민이는 모두 교실로 돌아왔다. 착잡하다. 마음이 뒤
숭숭해서 미치겠다. 지영이랑 민이도 모두 걱정하고 있었다. 터질 줄
은 알았지만 이렇게도 빨리일 줄은 몰랐는데… 핸드폰을 꺼내 몇 번
씩이나 번호를 눌렀다 폴더를 다시 닫았다 했는지 모르겠다. 수업이
끝났는데 차마 발길이 떨어지지를 않는다.

"나 먼저 갈게."

내 말에 흥분하는 지영이와 민이.

"준희야! 준희야!! 너 진짜 갈 거야? 다른 애들도 아니고 준성이가,
한때는 네 남자 친구였던 준성이가 싸운대!! 너 그런데도 가만히 있
을 거야? 너한테 준성이는 그 정도 존재밖에 안 되는 거였어?"

"강준성 일이야. 준성이 일이라고! 박준희, 정신 차려!!"

지금 이 순간 그냥 집에 가버리면 평생을 후회할 것만 같았다. 아
니, 후회할 게 분명했다.

"나 갈래. 준성이한테로 갈래."

"흑… 으앙! 잘 생각했어!! 준희야, 정말 잘 생각했어!"

우리 셋은 모두가 집에 가버리고 없는 이 시간에 아무도 없는 공터
로 뛰었다. 하지만 우리가 갔을 때는 이미 늦어버렸다. 말릴 틈도 없

이 싸우고 있었다. 1학년들은 모두 무릎을 꿇고 있었고 유한이나 대림 3학년들은 얌전히 지켜보고 있었다. 나쁜 놈들, 말릴 생각은 안한 채 순전히 2학년만이 싸우고 있었다. 녀석이 보인다. 녀석이 박민수와 유창석, 김병철 사이로 내 눈에 보인다.

63

"창석아, 이 새끼 눌러 버려!! 씨발놈! 강준성 너 오늘 제삿날이다!! 엉?!"

퍽!

준성이의 주먹이 날아갔다.

"민수야, 너 말 많다."

영화를 보는 줄 알았다. 남자들끼리 싸우는 것 진짜 무서웠다. 여자들이 싸우는 게 더 무섭다고 했는데 이건 정말 비교도 안 되게 살벌하고 무서웠다. -0- 여기저기서 발이 날아오고 심지어 어떤 애는 뛰어와 이단옆차기를 하는 경우도 있었다. 한 사람한테로 세 명이 달려들어 때리기도 하고 어떤 이는 피가 나기도 했다. 이, 이, 이!! 미친 것들. T_T

지훈이가 주저앉았다. 쓰러진 지훈이를 1학년 애들이 업고선 구석으로 가서 피를 닦아주고 있었다. 준성아… 준성아… 준성아…….

"지영아, 어떡하지? 어떡하지?"

"울지 마. 준희야, 민이야, 울지 마. 대림이 꼭 이길 거야!! 나쁜 유한 놈들!!"

유한 쪽도 많이 쓰러졌고 태민이도 그만 머리를 심하게 맞아서 쓰러졌다. 지영이는 볼 수가 없다며 눈을 돌려 버렸고 끝내는 울었다. 가서 말려야 하는데 용기가 절대 안 났다. 유한에 박민수, 유창석, 김병철, 대림에 강준성, 박준영, 이운균만 거의 멀쩡했다. 운균이는 화가 났는지 소리를 지르며 민수를 불렀다. 촐싹이의 저런 모습은 오늘이 처음이다.

"박민수!! 이 개새끼야! 유치하게 한 명만 골라서 패냐? 그게 남자가 할 짓이냐? 정정당당히 싸워야 할 것 아니야? 씨발놈."

"훗~ 난 원래 쉽게 끝나는 걸 좋아하거든? 그래서 이렇게 쉽게 딱 3대 3으로 됐잖냐?"

"병신! 말도 정말 재수없게 하네. 아, 맞다! 그래서 유한 공고 애들이 그 지랄인 거구나? 어머~ 나는 몰랐어. 씨발. >_<"

오랜만에 사람다운 모습을 봐서 좀 괜찮다 싶었더니 또 저런다. 이운균. ㅡ_ㅡ;; 싸움에 집중을 하긴 하는 건가? 저러다가 맞으면 어쩌려고.

"이운균! 뭐라고 했냐? 네가 지금 우리 유한을 욕했냐?"

뒤편에서 구경을 하던 유한 3학년 중 한 사람이 말했다. 내가 이럴 줄 알았어. ㅡ_ㅡ^ 이러다 3학년들까지도 싸울 기세였다. 하지만 운균이 자식은 전혀 기죽지 않고 웃고 있었다. 저놈 미친 거 아니야? 너무 많이 맞아서 그런가? ㅡ0ㅡ;; 운균아, 심히 걱정된다.

"어머! 형아, 나 때릴 거예요? >_< 지금 나 때리려고 다리 움직인 거죠? 그치요? 나는 미치면 아무것도 안 보여서 어떻게 될지 몰라요."

허억!! -0- 내가 미쳐! 식은땀이 흐른 이유는 돌아버릴 것 같은 운균이의 주책적인 미소 때문이었다. 어떻게 이 순간에도 주접을 떨 수 있으며 웃을 수 있는 거지? 아!!

"저 새끼를 확 그냥!"

그때였다.

"훈식 형, 가만히 있지 그래요? 지금 거기서 우리 쪽이랑 붙어봤자 결과는 어떻게 되는지 알면서 자처해요? 유한 3학년들 쓸모없는 것 수원에 알 사람이라면 다 아는데 편히 끝내 드릴 테니깐 얌전히 구경이나 하쇼."

준성이었다. 너무나도 굳은 표정의 준성이…….

"운균이나 나나 미쳐 버리면 훈식 형이 형으로 안 보일 것 같소. 한 가지 애석한 것은 옆에 있는 1학년 준영이 이 자식도 우리를 닮아서 미치면 보이는 게 없죠. 안타깝군."

화가 머리끝까지 난 듯 보였다. 그런 준성이의 말에 유한 3학년들은 똥 씹은 얼굴을 하고는 있었지만 아무도 섣불리 앞으로 나오지 못했다. 흐뭇해하는 대림 공고 애들…….

그런데 정말 예측할 수 없는 일이 벌어졌다. 준성이가 잠시 한눈판 사이 민수, 창석, 병철 모두 준성이한테로 달려든 것이다. 너무나 순식간에 일어난 일이었다. 준성인 그대로 넘어겼다.

박민수는 이번 싸움에 준성이만 치려는 속셈이었다.

"주여!"

내 마음보다 몸은 훨씬 빨랐다. 바보같이 너무나도 빨랐다. 준성이한테로 가려는 나를 준성이가 넘어지며 고개를 돌릴 때 발견했다. 준성이는 크게 소리쳤다.

"오지 마!! 빨리 가!! 여기 있지 말고 빨리 가!"

준성아, 내가 어떻게 가…….

"이런 미친 새끼들을 봤나!!"

"와와― 준영아, 나 이제 돌기 일 분 전인데 너는 어때?"

"나는 30초 전이야."

"에이― 나쁜 놈아. 내가 형이니까 너는 조금만 늦춰."

"그래, 나는 1분 39초 전!"

"와하하~ 민수야, 형아가 달려간다!"

정말 수습 안 되는 이운균과 박준영의 대화. 아무래도 이운균이 진심으로 미친 것 같다. ─_─;; 저 상황에서 저런 미친 말이 나오기는 힘든데. 준영이와 운균이는 헛소리를 한 후 달려가서 닥치는 대로 때렸다. 맞으면서도 거침없이 주먹을 내뻗었고 주저앉아도 다시금 일어나 싸웠다. 과연 운균이는 자기가 내뱉은 말을 지켰다. 정말 아무것도 안 보이는 것 같았다. 창석이는 정신을 잃고 1학년에게 업혀 어디론가로 가버렸다.

"우리 이짱을 건드린 너희들 탓이야! 오늘 모조리 뒈졌어!!"

"쯧쯧. 민수야, 상대도 봐가며 때려라. 네가 그렇게 겁대가리없이

우리 대장한테로 달려들면 안 그래도 미운 네 새끼 적만 더 생긴단
다.”

운균이는 그대로 달려가 발차기로 민수의 얼굴을 가격했다. 볼 때
마다 짧다고 생각했는데 쭉 뻗은 운균이의 다리는 역시 -_-;; 예상
대로 짧았다. 그런데!

“아악—”

흥분한 촐싹이가 갑자기 엉덩이를 손으로 가린 채 소리를 질렀다.
너무 격분한 나머지 바지가 찢어졌나 보다. -_-;; 저 인간은 끝까지
말썽이다. 멋있었다고 다음에 말해 줄려고 했는데 다 틀렸다. 순간
분위기 진짜 묘해졌다. 이 판국에 웃을 수도 없는 노릇인지라 다들
참느라 매우 힘들어 보이기도 했다. -_-;; 그래, 이운균이 분위기 다
깼다.

“에이~ 대장! 나 바지 찢어졌어!! 하여튼 박민수 저 새끼 때문에
되는 일 하나도 없네. 에이~ 준영아, 뒤에서 봐봐. 찢어진 거 보이
냐?”

도대체 저 또라이 놈은 상식이 있는 건지 없는 건지 지금 이 시점
에서 어쩌면 저리도 태연한 얼굴로 저런 말을 내뱉는 건지. 하여튼
정말 대단한 성격의 소유자 이운균이었다.

“하하~ 저 새끼 웃기네.”

준성이는 일어나더니 병철이가 있는 쪽으로 간다.

퍽— 퍽—

“겁없이 덤비면 이렇게 된다는 걸 이제 알았냐?”

"으… 씨발."

"유한 공고 형들, 싸움 끝났수. 형들도 이런 꼴 나고 싶지 않으면 앞으론 우리 조용히 내버려 두쇼. 잠자는 사자의 코털을 건들지 말란 말이오. 한 번만 더 이런 일이 있을 시에는 정이고 뭐고 없을 줄 알아! 명심해, 다들. 박민수, 다음에 또 싸우게 되면 남자답게 싸우는 법을 배워 와라. 남자가 왜 남자인 줄 아냐? 한 새끼가 맘에 안 들어 싸웠다 해도 그 후에는 서로 악수하며 웃는 게 남자다. 아무리 치고 박고 피 터지게 했어도 술 한잔으로 웃으며 얘기할 수 있는 게 남자라고! 알았냐? 그런데 네 새끼는 아직 멀었다."

저게 강준성이다. 저 모습이 준성이다. 너무나도 멋져!! +_+ 설레는 마음에 준성이게서 눈을 뗄 수가 없었다.

"아잉~ 난 몰라. >_< 어떻게! 우리 대장 진짜 멋있어!! 아흑~ 어떻게 해!! 대장한테 장가갈래. >_<"

"멍청한 놈, 내가 여자냐?"

"아잉~!! 그럼 시집가면 되지. *^^*"

"징그러워. 가자. 내가 태민이 업을 테니깐 너랑 준영이가 지훈이 부축해."

"응, 알았어!! 준영아, 이리 와."

준성이는 쓰러져 있는 태민이를 업고 3학년 선배들을 보며 말했다.

"선배님들, 다시는 싸우지 맙시다. 애들 꼴이 이게 뭡니까? 이번엔 민수 새끼가 사건을 만들어서 그런 거지만 우리 대림은 싸움질하지 맙시다."

"그래, 알았다. 오늘 수고 많았다. 다들 집에 가서 쉬어라."

모두 산에서 내려가고 있었다. 어떡하지? 가서 물어볼까? 가서 괜찮냐고 물어봐도 될까?

"준희야, 뭐 해? 가자. 응?? 애들한테 가자."

가려고 했다. 준성이한테로 가서 괜찮냐고, 아프지 않았냐고 물어보려 했다. 그런데…

"준성아! 준성아!!"

강연이의 모습이 내 눈에 보인다.

"괜찮아? 응?? 얼마나 걱정했다고! 왜 싸웠어?!"

"괜찮다."

"흑흑… 싸우지 마. 얼굴이 그게 뭐야?"

참, 그랬지. 그러기로 했지. 내가 강연이한테 준성이를 잘 부탁한다고 했지. 맞아, 그랬어. 나도 참… 왜 아무런 생각도 못한 채 준성이한테로 뛰어가려 했는지 부질없다는 걸 알면서도… 이제는 강연이의 저 자리가 무척이나 잘 어울린다.

"준희야, 어디 가!!"

"지영아, 민이야, 준성이는 괜찮을 거야."

"준희야, 윤강연 상관하지 마!"

"아니야. 준성이 이제는 괜찮아. 나 먼저 갈게. 내일 보자."

"준희야!!"

나를 애타게 부르는 지영이를 뒤로하고 내려왔다. 음… 집으로 가는 내내 생각했다. 내가 생각보다 너무나 괜찮은 사람을 사랑하고 있는 것 같다는 그런 생각 말이다. 너무나도 멋진 사람에게 사랑받는 게, 아니, 사랑받았었다는 게… 행복하다.

64

엄마와 남문에 가서 쇼핑도 하고, 저녁도 먹기로 했다. 요즘 내가 기분이 안 좋아 보인다며 엄마가 기분 전환이라도 할 겸 나오자고 했다. 남문에 나오니 사람들이 참 많았다. 교복을 입고 손을 꼭 잡은 채 걸어가는 남여학생을 보니 나도 모르게 눈앞이 아찔했다. 불과 일주일 전까지만 해도… 휴…….

"준희야, 이 옷 어떠니?"

"응, 예쁘네."

"그럼 이건 어때? 피부가 하야니까 아무거나 다 잘 어울리네."

"예쁘다."

준성이와 함께 떡볶이 먹었던 가게를 지나쳤다. 다음부터 남문 따윈 나오지 말아야겠다. 온통 준성이밖에 생각이 나질 않는다. 그 녀석과 걸었던 남문 거리… 그 위로 녀석의 모습만 눈앞에 아른거려 참기 힘들었다.

또다시 찾아온 준성이네 집 앞. 그 앞에는 여전히 준성이가 나를 기다리는 것같이 노란 손수건이 나를 맞이하고 있었다.

"알았어, 알았어. 그럼 나 그것만 보면 용서한 줄 알고 너한테 찢어질 것 같은 미소를 지으며 달려가면 되는 거지? 그치?"

"당연하지, 임마! 넌 그냥 오면 되는 거야."

그냥 가면 되는 거잖아. 나 그냥 네게로 웃으며 달려가면 그만이잖아. 그런데 내가 이렇게 너에게 가지 못하는 게 너를 위해서라고 한다면 넌 이런 날 보고 화내겠지? 하지만 가고 싶어도… 난 이제 가지 않을래. 믿지 못하겠지만 너를 위해서 가지 않을래……. 약속 지키지 못해서 정말 미안해.

65

"나 먼저 갈게."

"응. 잘 가고 내일 봐."

"준희야, 힘 좀 내고 조심히 잘 가."

"그래."

어제도 밤새 울었더니 요즘 들어 얼굴이 자꾸 푸석푸석해진다. 휴… T_T 눈은 퉁퉁 부어 붕어 눈 같고 내가 어쩌다 이렇게 됐는지. 교실을 나와 교문으로 걸어가고 있을 때쯤 낯익은 녀석들을 볼 수가 있었다. 왜 저기 서 있는 거지? 나를 때리러 오기라도 한 건가?

그냥 모른 척 지나가야겠다. 저들을 상대하다간 지쳐 쓰러질지도 몰라.

"박준희!! 어디가!!"

운균이가 나를 불러 세웠다. 그래도 저 인간 때문에 즐겁긴 즐거웠는데…….

"왜? 나한테 볼일있어??"

아무래도 진짜 때리려나 보다. 그래, 맞을게. 그래서 너희들 속이 풀어진다면 맞아줄게.

"지금부터 내가 하는 말 잘 들어!!"

"뭔데?"

"지금 준성이 어디 가는 줄 알아?"

"……."

어제 싸운 것 때문에 혹시 소년원이라도?? 안 되는데!! -0-

"어디 가는데?"

"말하기 전에 한 가지만 물어보자. 너 준성이 좋아하지?"

진지하다. 이운균이 진지하다. =_=

"무슨 소리 하는 거야? 됐어."

"준성이 오늘 미국 간다."

"뭐? 미국?!"

"그래. 오늘 6시 행으로 간다!"

"그래? 잘 갔다 오라고 해."

미국 가는구나. 갑자기 웬 미국일까? 휴… 잘 갔다 오겠지 뭐.

"야! 다신 안 와!! 이민 가는 거라고! 강준성! 이제 미국에서 산다고! 너 그런데도 안 붙잡을 거야? 어?! 준성이 다시는 안 온대!! 아예 미국에서 노랑머리 여자들과 늙어 죽을 때까지 살 거래!"

쿵!! 하늘에서 반짝 벼락이 내 머리를 내리친다.

"뭐라고? 너 지금 이민이라고 했어? 이민 간다고?!"

"그래. 준성이 엄마가 미국에서 혼자 사셔. 그래서 요번 기회에 가는 거라고. 오늘 가!"

"우리가 아무리 붙잡아도 소용없었어. 넌 할 수 있잖아!"

태민이까지도……. 이민? 강준성이 이민이라고? 다시는 한국에 없다고? 이제는 볼 수도 없다는 거야? 응?!

"그래, 준희야. 너 준성이 많이 좋아하잖아. 아니라고 하지 마. 다 알아. 좋아하면서도 돌아서는 게 가장 비겁한 거야. 사랑은 해줄 게 없어도 되는 거야."

준성이가 간다고? 미국으로? 아예 간다고? 준성이를 다시는 볼 수 없다고? 싫어! 다시는 못 보는 것 정말 싫어!

처음으로 남들 앞에서 울었다. 준성이가 정말 가면 어쩌나 하는 생각만 들었다. 정말 어쩌지? 나 정말 사랑하나 봐. 나 강준성 없으면 정말 이제는 안 되나 봐.

"준희야, 대장 좀 잡아줘."

"그래, 넌 할 수 있잖아. 응?"

"내가… 내가 가면 잡을 수 있을까? 너희도 하지 못한 걸 내가 가지 말라고 하면 준성이가 정말 가지 않을까?"

내 말에 지훈이는 웃으며 내 등을 두드려 주었다.

"바보야, 당연하지! 준성이가 너를 얼마나 좋아하는데."

"나 준성이한테 잘못한 게 너무 많은데 준성이가 나 용서해 줄까?"

"병신아, 벌써 용서했을걸."

"으앙— 어어엉— 나 갈래. 공항 갈래. 데려다 줘!! 빨리!! 엉엉— 준성이한테 가지 말라고 할 거야. 준성이 가면 나 못살아."

추하다고 하든 말든 펑펑 울어버렸다.

"예얍~ 베이비~ 예~"

옆에서 고함을 지르는 이운균이 살짝 얄밉기도 했으나 그래도 절대로 준성이를 보낼 수는 없었으므로…….

"빨리 데려다 줘! 으앙—!"

66

네 녀석들과 나는 언덕을 내려왔다. 오토바이를 타고 준성이가 있을 공항으로 몰았다. 나는 알 수 없는 불안감으로 눈물을 멈출 수가 없었다. 늦게 도착한 탓에 준성이가 정말로 가버린다면… 이대로 다시는 볼 수 없다면… 하는 생각이 들자 미칠 것 같았다. 이제야 깨달은 내 엄청난 사랑을 전해줘야겠다는 생각이 든다. 가지 말라고… 그런데도 가버린다면 그때는 꼬부랑 할머니가 될 때까지 기다릴 거라

고 할 참이다. T_T

준영이가 모는 오토바이에 내가 타고 내 뒤에는 운균이가 탔다.

"아악~ 기다려라! 독수리 오형제가 나가신다! 아악~"

준영이는 운균이의 발광 탓에 쿡쿡 웃어댔다. 나도 사실 자꾸 웃음이 나왔지만 크게 웃을 수도 없는 노릇이었기에 웃음 참느라 여간 힘든 게 아니었다.

"준희야, 준성이 많이 좋아하지?"

"…응."

"꼭 잡아야 돼. 알겠지? 내가 너니까 특별히 우리 대장 넘기는 거란 말이야. >_<"

"그런데 이운균, 진짜 안 갈까? 우리가 늦게 도착해서 준성이가 가버렸으면 어떡해?"

"걱정 마! 준영이가 알아서 운전 잘할 거야. 네 동생을 믿어야지. 멋쟁이. >_< 그런데 대장 많이 힘들어했던 것 알지?"

"많이 힘들어했어?"

"그래. 그러니깐 그만큼 이제는 잘해줘야 돼."

"흑흑— 으앙— 난 몰라!!"

준성아, 가지 마. 응? 아직 가지 마. 정말 가지 마. 제발 부탁해. 가지 마. 나 아직 너한테 할 이야기가 너무 많아. 정말 너무 많아서 무슨 말부터 해야 할지 모를 정도야. 그러니깐 가지 마. 미국 가지 마. 나 두고 그런 곳 가지 마. 나 이제 바보처럼 피하지 않을게. 이제야 확실히 알겠어. 네가 나한테 어떤 사람인지 알았어. 정말이야. 이제는 네 곁을 떠나지 않을게. 누가 뭐라고 해도 네 옆에만 있을게. 진짜야. 그러니깐 나한테 기회를 줘. 가면 안 돼. 나 너한테 꼭 말할 거란 말이야. 그러니까 가지 마. 사랑해… 준성아!!

"누나."

뭐라고? 나는 너무나도 당황해 준영이가 자신한테 한 소린지, 아니면 다른 누군가한테 한 건지 분간을 할 수가 없었다.

"에이씨! 누나!!"

"으응?"

또다시 감격의 눈물이 흘렀다. 아오~ 준영이 자식이 나한테 누나라고 했어. T_T 꿈이면 절대 깨지 말아야지! 18년 동안 처음으로 준영이의 입에서 나온 소리다. 너무 감동해서 어찌할 바를 몰랐다.

"많이 힘들었지? 알면서 따뜻한 말 하나도 못해줘서 미안하다. 그런 소리 못하는 내 성격 알잖아. 그래도 너 힘든 것 다 알고 있었어. 이제는 조금씩이라도 잘할게. 미안하다, 진짜."

"아니야. 준영아, 괜찮아. 나 너 이해해. 으앙— 헝헝— 어어어엉엉—"

"와~ 너희 무슨 영화 찍지? 나 울어야 하는 거야? >_< 신난다!! 으하하!! 세상 사는 것 참 재밌지 않냐? 아, 너무 재밌어. >_<"

"뭐가 재밌어? 넌 내가 우는 게 그렇게 재밌냐? 힝~"

"아니 뭐… 그게 뭐… 하하하!!"

오토바이를 타고 얼마나 간 것일까? 시계만 계속 바라보는 나. 너무나도 긴장된다. 처음 가는 길이라 조금씩 헤매다 보니 어느덧 5시가 되어가고 있었다.

"5시야. 어떡해? 아직 멀었어?"

"아니야. 걱정 마. 갈 수 있어."

"준영아, 꼭 가야 돼. 나 할 말이 너무 많아서 꼭 해야 돼."

우리들의 오토바이는 더욱 힘차게 달리기 시작했다.

다시는 너 힘들게 하지 않을게. 다시 헤어지잔 소리 하지 않을게. 네가 내 모두를 이해한다는 말처럼 나도 이제 너의 모두를 이해하며 살게. 웃으며 살아도 모자란 이 세상에서 우리… 너무도 많이 힘들었잖아. 힘들었던 만큼 이제는 행복하게 해줄게. 날 보고 웃게 해줄게. 나 때문에 세상 산다는 말 나오게 해줄게. 우리 다시는 힘들어하지 말자. 다시는 울지 말자. 약속할게… 약속해. 이제 난 네가 아니면 안 돼. 준성이 네가 아니면 안 돼.

〈2권에 계속〉

열아홉 앙마천사가 들려주는
최첨단 신감각 연애 소설

앙마천사 N세대 연애 소설

『난 꼬맹이가 아니야』

"이러시면… 아니 되어요. >_<"

스윽 ─

점점 가까이 다가오는… 꽃미남. ㅠ_ㅠ

"안 된다니까요~ 우린 아직 너무 어리와요. >_< 안 돼… 안 돼… 돼… 돼, 돼."

안 된다고 연거푸 외치면서도 이미 그의 얼굴에 현혹되어 입을 쭈우욱~

점점 더 가까워지는 나이쓰 뽕짝 나이트!

딱 걸렸으!!

나의 두 뺨을 꼬옥 잡고 서서히~ 꺄아아~ +_+

그의 따뜻한 입김이 입술을 간지럽혀 몽롱해지려는데…….

사랑♡은 꼬~옥 이루어진다!

● 난 꼬맹이가 아니야 / 앙마천사 / 값 8,000원

청어람 www.chungeoram.com ● TEL : 032-656-4452/54 ● FAX : 032-656-4453 ● Email : eoram99@chol.com

도서출판 청어람 책을 사랑해 주시는 독자 여러분들께
감사의 마음을 전하기 위해 조그마한 이벤트를 마련했습니다.
설문에 응해주신 후 엽서를 보내주시면 추첨하여
청어람에서 출판된 'N세대 연애 소설' 다음 작을 댁으로 우송해 드립니다.

우편요금
수취인 후납부담

발송 유효기간
2003. 5. 10 ~ 2005. 5. 9

부천 우체국
계약 제174호

경기도 부천시 원미구 심곡1동
350-1번지 남성빌딩 3층
도서출판 청어람

4 2 0 - 0 1 1

청어람
도서출판

관 제 엽 서

보내는 사람

· 좋아하는 'N세대 연애 소설' 작가

· 구입하신 지역과 서점

· 재미있게 읽은 'N세대 연애 소설' 작품

· 이 책을 선택하게 된 동기

· 책으로 읽어보고 싶은 'N세대 연애 소설' 작품

· 'N세대 연애 소설'에 바라는 점

이름

생년월일   직업

전화번호   성별

이메일